フラミンゴのピンクの羽

富山陽子

文芸社

目次

フラミンゴのピンクの羽

夕刻を過ぎるとざわざわと活気付く空気を肌で感じる。

てぃん

てぃん

てぃーん……。

誰かがつま弾く三線《さんしん》の音色が風に乗って聞こえてくる。

ここは通称「栄町」と呼ばれている。戦後の復興の最中にいくつかの店が寄り集まったのが始まりだと言う。その後発展を遂げた地域の人々に馴染みの深い商店街だ。

小さな路地が碁盤の目のように入り組み惣菜屋、魚屋、乾物屋、雑貨屋、居酒屋と狭い敷地の中にありとあらゆる店舗がごちゃごちゃと軒を連ねる。様々な食べ物の匂いが混ざり合い独特な空気が漂う。商品に目移りして何を買いに来たのかうっかり忘れてしまう。ついでに連れてきた子どもまで忘れてしまう親もいるのか、ここは迷子が多い。小さな頃、私もよく迷子になった。

「大丈夫よぉ、お母さんはすぐ来るよぉ」

ママとはぐれて泣きじゃくる私に、町ぐゎ（商店街）のおばちゃんたちは優しく声をかけた。

「さぁ、これでもなめて待っていなさい」

飴の付いた棒を手に握らせた。

「アチコーコー（揚げ立て）だよ。これも食べて、食べて」

イカや魚の天ぷらを差し出すおばちゃんもいた。

その風景は今でも変わらない。相変わらずお節介で気さくなおばちゃんたちが客を相手にユンタク（お喋り）をしている。

高校生になった私は、栄町商店街で一軒しかないケーキ屋で夕方からバイトをしている。

「うちはしがないケーキ屋だから」

店長の口癖通り、店は奥まった目立たない場所にあり、売り子は私だけの九坪にも満たない小さな店だ。入り口のガラス一面にはピンクの文字でフラミンゴという店の名前と、店の構えとは不釣り合いなほど大きな鳥の絵が描かれている。店長はフラミンゴだと言うが、私にはどうしてもダチョウにしか見えない。

閉店十五分前の八時十五分、自動扉が開く。フラミンゴの開いた羽が左右に分かれた。ゴトゴトとピンク色のキャリーバッグが登場する。小柄なおばあさんが痩せた体を二つ折りにしてそれを押しながらゆっくりと入って来る。百子さんは近所に住むひとり暮らしのお年寄りだ。売れ残りのケーキを目当てに、店が休みの日曜日以外毎日同じ時刻に現れる。

皺だらけの口元をへの字に曲げ小さな目をパチパチさせながら、まっしぐらにショーケースへ近づく。他のケーキには目もくれず百子さんが見つめるのは、上段の左の隅に置かれたエクレアである。

ホールのケーキは、注文を受けたぶんだけしか作らないのでほとんど完売する。ひんやりと白い空間が目立つショーケースの中で、ピースのケーキが疎《まば》らに残っている。エクレアとシュークリームは、多めに作るせいかいつも売れ残っている。

「ひとつちょうだい」

皺だらけの指がエクレアを指し、百子さんは大儀そうにもごもごと口を動かす。言い終わったとたん、口元は再びへの字に戻る。

シューの上にたっぷりとかけられたチョコレートが艶々と光っている。私は百子さんの目がじっと注がれているのを意識して、一番大きくて形のいいのをそっとトングで取り出す。

一個百二十円のエクレアは閉店前には百五円になる。百子さんはお金をトレイの上に置かず必ず手渡しにする。いつも予め用意しているのだろう。きっちりと百円玉と五円玉が一個ずつ。手渡されたそれは、ずっと握り締められていたのかしっぽりと温かい。

「今日はおまけしておくね」

いつだったか、店長が気を利かして側にあったシュークリームをひとつ、袋に入れたことがある。

「そんなもの私は頼んでない」

百子さんは頑として受け取らなかった。

刺繍入りのポーチを斜めがけにし、百子さんはいつも淡い色地のワンピースを着ている。細い腰を太いサッシュのベルトで締め、レースの靴下にキャリーバッグと同じピンク色のウォーキングシューズを履いている。夜でもベージュ色の帽子を被っていて、帽子の横にはこれまたピンク色の花のコサージュが付いている。

「おばあちゃん、おしゃれだね」

エクレアを渡しながらお世辞を言ったことがある。そのとき俄《にわ》かに百子さんの右の頬が緩んだ。

もしかして今笑った？

そう気づいたのは、既に入り口のフラミンゴの羽の中に、百子さんのワンピースがひらひらと消えて行った後だった。


フラミンゴを出て家に着くのは夜の九時過ぎ。店のエプロンと三角巾を洗濯機の中に放り込み、手を洗って一人分の夕食の置かれたテーブルにつく。ママは既に済ませている。夕食は午後八時までに取ることをアンチエイジングの鉄則として死守しているのだ。

さっさと食べて汚れた食器を流しに置く。

「またコンビニ？」

再びバッグを肩にかけた私に、ソファに座って新聞を広げていたママは、視線を紙面に落としたままあからさまに細い眉を持ち上げた。

「女の子は夜出歩くものじゃないわ」

たったの五分じゃん。

コンビニは目と鼻の先にあった。

「大丈夫よ。すぐ戻ってくるから」

ママから発せられたいらいらした空気が背中越しに伝わって来る。無視してそっと玄関のドアを閉めた。

売れ残りのエクレアを買いにフラミンゴに行くのが百子さんの日課なら、バイトを終えて夕食を済ませた後、コンビニへ向かうのが私の日課である。

しんとした夜気の中、目指すコンビニの青い看板がくっきりと浮かび上がる。そこから漏れる蛍光灯の白い灯りに思わず目を細める。その神々しい光に導かれて足を運ぶと、店の自動ドアがさっと開き、私は馴染みの空間へと招かれる。

店内はぽつりぽつりと多少の出入りがあるが一定の人数が保たれている。週刊誌の立ち読みをしているポニーテールの茶髪の女性。ネクタイを緩めかごをぶら下げて、値引きのシールの付いた弁当を物色しているサラリーマン。ビールのつまみをあれこれ選んでいる若いカップル。ふざけながらドリンクの棚を開け閉めしている塾帰りの中学生たち。

まるで水槽の中の熱帯魚だ。調整された空間の中でくっついたり離れたり、気ままにゆらゆらと漂う。自分のペースを守り他人のテリトリーを侵さない。

私は観察をしている。彼らの口からこぼれるあぶくのひとつひとつ。白く濁った灯りの下で緩やかな動きが生み出す人工的な陰影。見えないガラスにぴたりと頬を寄せ、無関心を装いながら視線を器用に泳がせる。そうすることが今のところ私にとって唯一の息抜き。

二十分くらいして家に戻る。

「毎晩コンビニに行って何を買ってるの？」

お風呂に入る支度をしていると、ドア越しにママの怒った声が遠慮なく響いてきた。

「ストッキング。バイト用、伝線してたから。昨日はヘアークリーム。あ、それとチョコも」

「たったそれだけ？　時間かかり過ぎよ」

「いろいろと選んでるの。それに今日はちょっと立ち読みしてた」

「いいかげんにしてよ。変な人にでも捕まったらどうするの。ママ心配でたまらないわ」

全く大袈裟《おおげさ》なんだから。

「それに、そんな無駄なことをしている暇があったら少しは勉強したらどう？　もう高三よ。志望校はどうするの？　そろそろ真剣に自分の将来のことを考えてちょうだい」

黙って聞いているとママはだんだんエスカレートしてくる。私の将来のこともそう。おばあちゃんのことだってそうだった。

乱暴にバスルームの戸を閉めた。

半年前まで、うちは三人家族だった。東京の大学を出て就職し結婚までしたママは、ひとり娘の東京行きにも結婚にも大反対だったおじいちゃんが亡くなった後、二歳になる私を連れて沖縄に帰ってきた。それ以来ママと私とおばあちゃんと女三人で暮らしてきた。

「五月に生まれた子はユーディキャー（優等生）になる」

おばあちゃんは私の頭に手を置いて目を細めた。自分と同じ月に生まれた私をとても可愛がってくれた。

「私は百歳まで頑張るよ。芽衣ちゃんが結婚して生まれた子が大人になるまでねえ」

一度も医者にかかったことがないと自慢するほどだったのに、おばあちゃんは七十七歳の誕生日の翌日、軽い脳梗塞を起こして倒れた。それ以来少しずつ認知症の症状が進んで行き、記憶することが困難になり同じことを何度も尋ねるようになった。

ある日部活が終わって帰宅すると、家の鍵が空いたままだった。

「ただいま」

と言ってもいつものように返事がない。不安になって急いで部屋に入ると、テレビの前でおばあちゃんはぼんやりと座っていた。

「おばあちゃん？」

ようやく私に気づいたようで表情が緩んだ。

「お帰り。おなか空いたろう？　ご飯できているよ。自分で入れておあがり」

ご飯をよそおうと炊飯器を開けたが、空っぽだった。お鍋をのぞいたらお水しか入っていなかった。

「おかしいねえ、さっき炊いたはずなのに。どうしたのかねえ？」

おばあちゃんは慌てて料理に取りかかろうとするのだけど、何をどう始めたらよいのかわからないようで、おろおろするばかりだった。

仕事をしているママに代わって夕飯はおばあちゃんの担当だったのが、ひとりでは炊飯器のスイッチさえ入れることができなくなった。いつもぼんやりとしてテレビの前に座っている。でもテレビを見ているふうでもない。顔をのぞくと不安そうに目をパチパチとしばたたく。言われたことは五分後にはきれいさっぱり忘れてしまい、古い記憶もだんだんまだらになっていった。

蜘蛛《くも》が一匹、おばあちゃんの頭の中に侵入している。白い糸を吐き出し巣を作り、おばあちゃんが記憶したり思考したりするのを邪魔している。意地悪な蜘蛛は容赦なくじわじわと巣を張り巡らしていく。

「何が何だかわからない」

薄い膜が張ったような目で、おばあちゃんは遠くを見つめる。

「大丈夫だよ。芽衣がずっと側に付いていてあげるから」

私はおばあちゃんをそっと抱き締めた。懐かしい匂いと温もりが小さくなったその体から伝わる。こんなふうにおばあちゃんは私をよく抱いてくれた。

「くすぐったい。おばあちゃん、くすぐったいよー……」

幼い私は笑い声を上げ、おばあちゃんの腕の中でもそもそと動く。夜中に怖い夢を見て泣き出したときは、抱き締めながら大丈夫、大丈夫と耳元で優しくささやいてくれた。私が寝付くまで背中をトントンと叩きながら歌を歌ってくれた。

お正月が過ぎたある寒い日、事件が起きた。ストーブにあたったまま居眠りをしてしまい、おばあちゃんは左足のすねに低温火傷を負ったのだ。もう昼間ひとりで置いておけない。何とかしなきゃ。ママは必死だった。それからママは市役所の福祉課に何度も足を運び、あちこち病院や施設を回って、ようやくおばあちゃんを今のグループホームに入所させた。

ママと私は、毎週土曜日におばあちゃんのいるグループホームを訪ねる。初めの頃は「芽衣ちゃん、よく来たね」と声をかけてくれて、目にも表情にも張りがあった。それが、日を追うごとにぼんやりとしてきた。夜だけの紙おむつが昼間も使われるようになった。

「誰だったかねえ?」

あるとき、いつものように訪ねて来たママと私を、おばあちゃんは首をかしげて見つめた。私が抱えている紙おむつの大きなバッグに目を移し、思い出したとばかり頷くと「ご苦労様です」と深々と頭を下げた。

いつものようにふらりと家を出てコンビニへ向かった。出がけにママに牛乳とシャンプーを買うように頼まれた。それなのに、いつものくせでかごを持たず手ぶらで店の中を歩いた。

この時間帯には珍しく混んでいた。近くのスポーツクラブを利用した人たちの帰る波と出くわしたようで、かさ張ったバッグを抱えた中高年のオジサマオバサマたちが群がっていた。汗と柑橘系のコロンの匂いとが混ざり合う中、私はレジの列に並んだ。牛乳とシャンプーのボトルとを小脇に抱えたせいで、財布を開いたときうっかり小銭を落としてしまった。その中のひとつが勢いよくコロコロと転がり出し、慌てて私はそれを追った。

雑誌の立ち読みをしている人の足元で、それはピタッと止まった。ひどく汚れたスニーカーだった。コインを拾おうとしゃがんだとたん、抱えていた牛乳やシャンプーまでぼとぼと落としてしまった。気づいたスニーカーの主が振り向き、コインをつまみ上げた。目の前に出されたのは五円玉だった。

「すみません」

なんだ五円玉か……と、がっかりしながらそれを受け取った。

「お前変わんないな。昔からよく物を落としたりなくしたり」

その意地悪な物言いにはどこか聞き覚えがあった。おずおずと顔を上げた。

「！」

あんまりびっくりして声も出なかった。

ケンちゃん？

五円玉の拾い主はケンちゃんだった。近所に住む一つ年上の男の子。同じピアノ教室に通っていた。ピアノを習っている男の子と言えばひ弱なイメージだが、ケンちゃんはまるっきり反対だった。やんちゃ坊主で私はよくいじめられた。

ピアノ教室はいつ行っても甘い香りがした。色白で茶色の巻き毛の美人な先生は細くて長い指をしていた。そこは他所とは違う特別の場所のように思えた。私はレッスンの日はいつものスカートやパンツではなくて、お出かけ用のワンピースを着るようにした。

玄関には大人用から子供用まで様々なスリッパが用意されていた。

私はうさぎのアップリケの付いたピンク色のスリッパがお気に入りだった。ふかふかのスリッパで飴色の艶々とした床の上をしずしずと歩くと、どこかの国のお姫様になったような気分になれた。

ところがその気分をいつもぶち壊しにしてくれたのが、ケンちゃんだった。

ケンちゃんは教室へ入るなり、きれいに並べられたスリッパを蹴飛ばした。豪快にジャンプしてソファをひどく揺らした。隣の部屋でレッスンをしている先生の目が届かないことをいいことに、やりたい放題だった。ピアノを弾く前には必ず洗面所で手を洗うことになっていたのに、私はケンちゃんが手を洗うところを一度も見たことがなかった。

「どうかケンちゃんがいませんように」

教室のドアを開ける前に必ず祈った。そして、ドアを開けてはいつもがっかりした。ソファの真ん中を陣取って、ケンちゃんは私を見るなりニヤリと笑った。一緒に順番を待っている間、いろいろといたずらを仕掛けてきた。お気に入りのスリッパの片方をどこかへ隠されたり、ワンピースの裾をめくられたり、「ハンカチ貸して」と言われて差し出すと大きな音を立てて鼻をかんだり。

「おーい、早く来いよ」

先に歩いていたケンちゃんがじれったそうに振り返る。ケンちゃんの帰り道の途中に自分の家があることを恨めしく思いながら、私はぐずぐずと歩いた。

ケンちゃんは私を待つ様子もなくずんずん先を歩き、勝手に私の家の門をくぐりドアを開ける。

「ただいま！」

その声を聞いておばあちゃんが顔を出す。

私が玄関に入ったときには、既にケンちゃんはおやつを目の前ににこにこと座っている。

ピアノ教室の帰りに土砂降りになったことがあった。その日教室に迎えに来たおばあちゃんは、迎えの来ないケンちゃんを一時預かって一緒に家に連れて帰った。それ以来毎回ケンちゃんは私の家に寄り道をするようになった。お目当てはおばあちゃんの手作りのおやつだった。中でもポーポーが一番の好物だった。

おやつを作るときのおばあちゃんはとても楽しそうだった。いつも同じ歌を口ずさんでいた。それは私の知らない古い歌だった。

小麦粉を水で溶いたタネをフライパンで薄く焼いて、おばあちゃんは器用に端からくるくると巻いた。中に甘辛く味付けした味噌を挟んだものと、何も挟まずにタネに黒糖をたっぷり混ぜて甘くしたものと、二種類のポーポーを作ってくれた。

ピアノ教室で出されたクッキーには手を出さなかったのに、ケンちゃんはおばあちゃんの作ったポーポーをむしゃむしゃといくつも口に放り込んだ。食べ終わっていない私のお皿にまで手を伸ばしてきた。

「イキグァングァ（男の子）はやっぱり違うねえ。さあ、たくさん食べなさい」

ケンちゃんの食べっぷりにおばあちゃんは目を細めた。

乱暴で不真面目なイメージに反して、ケンちゃんのピアノは私よりずっと上手だった。しかもスポーツ万能、勉強もよくできた。

ピアノ教室は、ふたりとも中学生になっても続けた。その頃には私もケンちゃんと対等に口をきけるようになった。ケンちゃんも昔のようないじめっ子の男の子じゃなくなった。帰りに私の家に寄るようなことはなくなったが、変に意識したり避けたりすることもなく、会えば他愛のないお喋りをする仲だった。

中学を卒業すると、ケンちゃんは進学校として有名なK高校へ進学した。家族とも離れ学校の寮へ入った。それ以来一度も会ったことはなかった。

「昨日帰ってきた。しばらくここにいるつもりだ」

「あれ？　大学、もう夏休み？」

私が高三だからケンちゃんは大学生。ケンちゃんのことだから本土の国立大学か有名私立大学だろう。

「俺、今プー太郎」

「？」

「大学なんか行ってないよ」

きょとんとして突っ立っている私を、ケンちゃんは笑って見下ろした。

ずいぶん背が伸びた。

ひょろりと伸びた手足、髪も長くしてちょっと格好良くなった。でも目だけは昔のいじめっ子のままだった。

その目が、あの日真っ赤に濡れていたのだ。

ピアノ教室に忘れ物を取りに行ったときのことだった。

隣の部屋から聞こえるピアノの調べは、ケンちゃんが弾いているものだとすぐに気づいた。忘れ物のノートがテーブルの隅に置かれているのを見つけ、それを鞄にしまったらすぐに帰るつもりだった。でも、私はノートを手にしたまま動けなくなった。

ピアノが泣いている。

悲しい調べだった。悲鳴のような旋律が体の奥深くで擦れ合う。痛みにも似たその響きに、私は金縛りに遭ったように動けなくなってしまった。

いつしか雨の激しい音が加わっていた。真っ暗なガラスに横殴りの雨がいくつもいくつも涙のように筋を描く。いつも部屋に漂っている甘い香りが雨の匂いと混じり合い、なんだか息苦しい。

ようやくピアノの音が止み、ドアが開いて俯いたままのケンちゃんが出てきた。声をかけようとして私は息を止めた。

ケンちゃんの両の目は真っ赤だった。

私と視線を合わせるやいなや、何も言わず雨の中へ飛び出して行った。

その日がケンちゃんにとって最後のピアノのレッスンだった。教室の先生の話では、高校で音楽科へ進む予定が、お父さんに反対され普通科へ進むことになり、ピアノも辞めさせられたのだそうだ。

それから二ヶ月後、私もピアノ教室を辞めた。

「小さい頃から通っていたのに、もったいない」

ママの「もったいない」はしばらく続いた。辞めてみて初めてわかった。私はピアノが好きだったわけではなく、ケンちゃんがいたからピアノを続けていたのだということを。

ケンちゃんとの再会の日から、私の日課は微妙に変化した。もっぱら新入りの熱帯魚が観察対象になった。

きちんと約束をしたわけではなかった。それでも私は、店に入るとケンちゃんの姿を探した。ケンちゃんはたいてい、漫画や雑誌の立ち読みをしている。後ろからこっそりと近づき背伸びして目隠しをしたり、膝の裏にコツンと膝を当てたり不意打ちを食らわせる。

「暇でやることないんだ」

頭を掻きながら、ケンちゃんはいたずらがばれた子どもみたいに笑う。

勉強のできたケンちゃんが大学へも行かず仕事もしていない。何か事情でもあるのだろうか。気になったけれど私は何も聞かなかった。

「携帯の番号か、アドレス教えてよ」

「そんなもの持ってないよ。持っているのが当たり前だと思われると、かえって持ちたくないんだ」

そう言ってまたニヤリと笑った。ケンちゃんっていつまでたってもやんちゃな男の子みたいだ。

コンビニを出て横の空き地でお喋りをすることが多くなった。

ケンちゃんと話しているとなぜだかほっとした。一日が終わろうとしているとき他愛のない会話を交わす相手がいる心地良さ。「何かあった?」と何気なく聞き合う。「ふうん」と相づちを返す。ただそれだけのことなのだ。携帯でメールができないなんて初めは不便だと思ったけれど、ぼそぼそでもぽつりぽつりでも、側にいる人と空気を震わせて繋がっているってなんだか気持ちいい。黙って聞いているケンちゃんが、時折ふふって低い声で笑う。それは私の中にそよそよと入り込み、心の中でくすぶっていた何かをぷちぷちと溶かしてくれた。

昔の自分を知っている人間は特別な存在なのかもしれない。

元気だった頃のおばあちゃんとやんちゃなケンちゃんと泣き虫な私と。ポーポーやサーターアンダギーの他にも、夏の日には縁側に腰かけてすいかを食べた。冬の日には炬燵《こたつ》に入って蒸かしたお芋を食べた。あの頃はそれがいつまでも永遠に続くことのように思っていた。もう、遠いあの日は帰って来ない。けれどそれは決して色褪せることのない特別なフィルムのように、私の心の中に焼きついている。思い出すと胸の辺りがほんのりと温かくなる。


久しぶりに雨が降った。

湿った匂いが鼻先をくすぐる。

「今年は雨が少なくて夏場の断水が心配だったから、大歓迎、大歓迎」

ラタンの傘置きを店の前に置いて戻ってきた店長は、いきなり「あめ、あめ、ふれ、ふれ……」と軽快に歌い出した。

『あめふり』の歌。昔おばあちゃんに言われたことがある。この歌を歌うと雨がどんどん降るよ、って。子どもの頃はずっと信じていて遠足の前の日には決して歌わなかった。

時間が経つにつれ雨足は激しくなった。四方からぐるりと取り囲まれたように音が乱暴に響く。

雨のせいか客も少ない。いつもよりショーケースにはケーキが残っている。エクレアは五個も残ってしまった。壁の時計に目をやる。もうすぐ百子さんの来る時間だ。

どうか早く雨が止みますように、でなければ少しでも小降りになりますように。祈りながら百子さんを待った。

とうとう閉店時刻になった。結局百子さんは来なかった。

「雨がひどく降っているからな。お年寄りがひとりで外出するのは難しいのだろう。来る途中ですべって転んだんじゃなきゃいいけど」

レジを閉めながら、店長は独り言のように呟いた。

店長のせいかも。あんな歌、歌ったから。

ちょっぴり恨みがましく思った。さっさとエプロンと三角巾をしまって帰る支度をした。

「芽衣ちゃん、よかったらこれ持って行って」

売れ残ったケーキを適当に詰めた白い箱を渡された。

「わぁ、すみません」

さっき店長のことを悪く思ったことが後ろめたくて、無意識に声が大きくなった。

そうだ。このケーキ、百子さんに持って行ってあげよう。

エクレアが入っていることを確かめると、その思いは強くなった。でも困った。百子さんの住んでいる所を知らない。

「お疲れ様でした」

店を出て、角にあるクリーニング店へ走る。シャッターを閉めかけているキヨさんに声をかける。百子さんの名前もひとり暮らしであることもキヨさんに教えてもらったのだ。

「さぁねえ、どこに住んでいるかねえ。名前しか知らないさぁねえ……」

キャリーバッグを押して来るくらいだから近所であることは間違いない。近くの薬屋と雑貨屋のおばちゃんにも聞いてみた。誰も百子さんの住んでいる所を知らなかった。

諦めて傘を差してアーケードの外へ出る。もう雨は小降りになっていた。それでも腰の曲がった百子さんにはこの雨の中を歩くのは大変なのかもしれない。足もしっかりしているとは言えない。キャリーバッグも杖代わりに押しているといった感じだった。

バス通りに出るとますます歩道は狭くて歩きづらくなる。デコボコしていて、油断しているとうっかりつまずいてしまいそうだ。

水溜まりを避け、百子さんのことを考えながらとぼとぼ歩いているうちに家の側を通り過ぎた。こんな時間にママはケーキなんて絶対食べない。足はまっすぐにコンビニへ向かっていた。

いつの間にか雨は上がっていた。

入り口の前で仁王立ちになっているケンちゃんの姿を見つけたとき、一挙に心が緩んだ。

「どうした？　なんか今日は元気がないな」

ケンちゃんは意外と勘がいい。

「お土産」

私は白いケーキの箱を突き出した。

いつもの空き地で、濡れていない石段を見つけて腰かけた。私はケンちゃんに百子さんの話をした。ケンちゃんはケーキを頰張りながら黙って聞いている。見る見るうちにケーキは片付けられて行く。

ケンちゃんったら、ちゃんと人の話を聞いているのかな。

ちょっと頭に来て頰を膨らませた。でも相変わらずの食べっぷりに、おばあちゃんのポーポーをむしゃむしゃとおいしそうに食べていた昔のケンちゃんが重なった。

「ねぇ覚えている？『あめふり』の歌。ピアノ教室からの帰り、うちのおばあちゃんと三人で歌ったこと」

「ああ、ピッチピッチ、チャップチャップ、ランランランだろ？」

「おばあちゃんが、この歌を歌うとどんどん雨が降るよって言ったら、ケンちゃんますます大声張り上げたじゃない。メロディ外れてひどい歌だった」

「俺、あのとき家に帰りたくなくってさ。お前んち結構居心地良かったし、おばあちゃんが作ってくれたポーポー、最高にうまかったな」

ケンちゃんにまだ話していなかったことがあった。

「おばあちゃん、今一緒に住んでいないの。グループホームにいるの」

「グループホーム？」

「老人ホームみたいな所。私は反対だった。でもママったら私に相談なくどんどんひとりで決めちゃって」

大騒ぎしてエスカレートして、あの頃のママは尋常じゃなかった。

「おばあちゃん、認知症なの。どんどんぼけちゃって私やママのこともわからないときもある」

記憶をなくす。闇の中に無表情のおばあちゃんの顔がぼんやりと浮かぶ。

「ぼけるってそんなに悪いことでもないと思うよ」

「え？」

「人間は年を取ったらぼけていく。それは自然の成り行きさ」

ケンちゃんの穏やかな眼差しが向けられる。

「でも、大切なことは脳の一番深いところにしまってある」

「ここんとこ」

すっと、ケンちゃんの人差し指が私のおでこに伸びる。

「ここにポケットがあるんだ。だからおばあちゃんは、決して芽衣のこと忘れないよ」

ポケット……。

おでこに手を当ててみる。おばあちゃんのポケット……。本当に私のことも、そこにあるのかな……。

「ところでさっきの百子さんのことだけど、ひとり暮らしっていうのは間違いない？」

「うん」

ケンちゃんはふいに立ち上がると、パンパンとズボンのお尻をはたいた。ポケットから小銭を取り出すと、側にあった自動販売機に続けざまに詰め込んだ。

ゴトン、ゴトン。音を響かせて缶コーヒーがふたつ転がり出た。

ひとつを放ってよこした。

「ケーキうまかった、ごちそうさま！」

次の日は木曜日。百子さんは来なかった。そして金曜日も。雨のせいじゃないようだ。

一体百子さんはどうしたのだろう。

金曜日の夜、コンビニへ行くと待ちかねたようにケンちゃんが寄ってきた。小さなメモを渡した。

――那覇市安里三十六番地　野原百子

「個人情報だからあんまり公にはできないんだけど」

ケンちゃんは声を潜めて説明した。

「市内に住むひとり暮らしのお年寄りリストってのがあってさ……」

なんでもケンちゃんの従兄が市役所の福祉課に勤めていて、事情を話して特別に調べてもらったそうだ。

土曜日の昼過ぎ、私たちは栄町の入り口で待ち合わせた。百子さんの家へ向かう前にフラミンゴへ寄った。

「芽衣ちゃんの彼氏？」

案の定、店長がニヤニヤして聞いてきた。

ケンちゃんはそんなことお構いなしに、子どもみたいに目をキラキラさせてショーケースをのぞき込んでいる。

「買うのはエクレアだけよ」

「わかってるよ」

「おじさん、エクレア十個ね」

「そ、そんなに要らないでしょ。ひとり暮らしなのよ」

「だって俺たちのぶんも必要でしょ。大丈夫、いざとなったら俺が全部引き受けるから」

ケンちゃんたら、子どもの頃とちっとも変わっていない。男のくせして甘党なんだから。

住所をネットで検索した。地図を頼りにキョロキョロと周囲を見渡して歩く私の後に、ケーキの箱をぶらさげたケンちゃんがのんびりと続く。

栄町の裏通りに中学校がある。そこを大通りとは逆の方向へ歩くと小さな公園へ行き着く。それは住宅が密集した中にぽつんとあった。砂場とベンチくらいしかない殺風景な公園。それなのに場違いなほど大きな屑かごが三つも置かれていた。私が小さい頃の公園はどこでもブランコも滑り台もジャングルジムもあった。日が暮れるまでその中を駆け巡り真っ黒になって遊んだ。今の子どもたちは一体どこで遊んでいるのだろう。静かな公園でたまに見かける人影は、ぼんやりとベンチに腰かけている老人くらいなものだ。

百子さんの家は、公園の角を右に曲がって少し行った所にあった。栄町のすぐ近くに住んでいると思っていたのに意外だった。

平屋の小さな家がひっそりと建っていた。コンクリートの壁は元の色がわからないほど色褪せてしまっている。生垣には蔦《つた》が絡まり、ブーゲンビリアの白い花がほろほろと風に揺れていた。

「野原」という表札の下にあったインターホンを押す。しばらく待ったが何の反応もない。窓にはきっちりとカーテンが閉められている。

「こんにちは」

何度も大きな声で呼びかけてみた。

「誰もいないみたいだぜ」

建物の裏へ回っていたケンちゃんが戻ってきた。

困ったな。エクレアだけ置いていくわけにもいかないし、また出直そうかな。

諦めて門を出ようとしたとき、タクシーが一台、すうっと私たちの前で止まった。

先に細身の長い髪の女の人が降りてきて、次に、支えられるようにして百子さんが降りてきた。左足に真っ白な包帯を巻き松葉杖をついている。

「どうしたんですか？　その足」

私は思わず百子さんへ駆け寄った。

突然私たちが現れたので、百子さんはきょとんとしている。

「おばあちゃん良かったね。お孫さんたちが来てくれて」

運転手さんが車の中から愛想良く百子さんへ声をかけた。

「孫だなんてとんでもない」

百子さんは吐き捨てるようにして言うと、ひとりで松葉杖をついてよろよろと玄関へ向かった。

「あぶない！」

よろけた百子さんをケンちゃんがとっさに抱きかかえる。箱に描かれたフラミンゴが一瞬羽ばたいたかのように見えた。ケーキの箱は宙に舞い、軽い音を立てて地面に落っこちた。

「おや、フラミンゴじゃないか」

足元に転がる箱と私たちの顔とを、百子さんは目をパチパチさせて見比べる。ようやく私たちの訪問の意図を理解したようだ。

「むさ苦しい所だけど、まぁお上がり」

私たちは庭に面した茶の間に通された。百子さんに付き添っていた女の人は石川さんと言った。目元が涼しげで控え目な印象の人だった。百子さんの教え子だと言う。

「先生ったら病院嫌いで、具合が悪くても放っておくものですから、ときどき私が様子を見に来ているんですよ」

石川さんは、私たちの前に麦茶を入れたコップを置きながら、苦笑いを浮かべる。そう言われて「ふん」と百子さんはわざとらしく顔を背ける。大きな包帯は痛々しいが、いつもと変わりない様子に私は安心した。

やはり、あの雨の日だった。家の前の濡れた敷石の上で足を滑らせて、百子さんは左足首を捻挫したのだった。今日は病院で湿布薬を取り替えてもらったそうだ。

「大したことないのに、医者というのは大袈裟なんだから」

吐き捨てるように言うと、百子さんの口元は相変わらずのへの字に。けれど視線はさり気なくケンちゃんの横にあるケーキの箱へと流れた。

それに気づいたケンちゃんは、待ってましたとばかりテーブルの上に箱を置いた。

「さっきの衝撃で潰《つぶ》れてないといいですけどね」

そう言うと、もったいぶって箱を開いた。

「やっぱり全部エクレアにして大正解！」

艶々と並んだエクレアに負けないくらい、中をのぞき込む百子さんの顔も輝き出した。

「聖子さん、早くこれをお供えして」

お線香に火がつけられた。白く細い煙が立ち上る。「チーン」と鐘が鳴る。エクレアを供えた仏壇に、百子さんはずいぶん長い間手を合わせていた。

それは奇妙な仏壇だった。位牌も何もない中に、たった一枚の写真が飾られていた。古いモノクロの写真。学校の記念写真のようで、大勢の女子学生が並んで写っている。

突然、百子さんがしっかりとした声で歌い出した。

お菓子の好きな　巴里娘
ふたりそろえば　いそいそと
角の菓子屋へ　ボンジュール

この歌、なぜだか懐かしい。どこかで聞いたことがある。

あ、と思って横にいるケンちゃんに目を移す。ケンちゃんも同じように私を見つめる。どちらともなく頷き合う。

そう、おばあちゃんが歌っていた歌だ。ポーポーを焼くときおやつを作るとき、いつも楽しそうに歌っていた歌だった。

「この歌はね。親泊《おやどまり》先生が教えてくれたんだよ」

独り言のように呟く百子さんは、まるで女子高校生のように頬を輝かせた。

「若くてきれいでやさしい先生だった。とてもお洒落で雑誌のモデルのようにモダンで……。みんなのあこがれの的だった。この歌にはお菓子やらパリやら出てきて、私たちにとっては夢のような世界。みんなこの歌が大好きだった」

百子さんはさらに歌を続けた。

選《よ》る間も遅し　エクレール
腰もかけずに　むしゃむしゃと
食べて口拭く　巴里娘

「この歌、知っています。私のおばあちゃんもよく歌っていました」

思い切って言ってみた。我に返ったようにはっとして、百子さんの小さな目が強く光った。

「あんたのおばあさんは？　名前は何というの？」

百子さんは上ずった声で聞いてきた。

「新垣春子です。旧姓は上地です」

少しドキドキして答えた。もしかしたら百子さんは私のおばあちゃんのことを知っているのかもしれない。

百子さんの視線が遠くへ彷徨《さまよ》い、への字に曲がった口元がもごもごと微かに震えた。でも、それはほんの一瞬だった。

「知らないね。そんな名前聞いたこともない」

すぐに素っ気ない言葉が返ってきた。

「疲れたから休みたい」

しばらくして、百子さんは石川さんに連れられて奥の部屋へ下がった。

「コーヒーいかがですか？」

ほのかな香りと共に石川さんがコーヒーを運んできた。

「さぁ、一緒にいただきましょう」

石川さんはエクレアをお皿に取り分けた。

「どうぞ」と私たちの前に置くと、ふっと頬を緩ませた。

「いつだったかしら、ずいぶん前のことなのですが、見つけたよ、とまるで少女のようにはしゃいで知らせてきたんです。エクレールってエクレアのことだったんだよ、どうしてもっと早く気がつかなかったのだろう、って」

「あのう、あの歌は……」

「女学校時代、お友達とよく歌っていた歌らしいです。でも先生が在学中、戦争が始まってしまって……。この写真のお友達のほとんどが戦争で命を落としてしまわれたそうです」

立ち上がって仏壇の中の写真を見つめた。長い髪をお下げにした少女たち。肩を並べて笑っている。女学校と言えば高校生。私と同じくらいの歳だ。

「歌の中に出てきたあこがれのお菓子。エクレアは先生にとってそれ以上のものなのでしょうね。きっと少女時代の夢、希望、そういったものの象徴なのでしょう。何もかも戦争で奪われた中で、あの歌を歌っているときだけが夢見る少女に戻れたようです。いつしかエクレアを仏壇にお供えすることが先生の習慣になりました。お供えするときにいつも歌を歌われて。それがお友達への一番の供養だと考えられたのでしょうね」

帰る前にケンちゃんと私も手を合わせた。百子さんの家の小さなお仏壇へ。写真の少女たちへ。こうやって毎日手を合わせるたびに、百子さんは少女たちにどんな言葉をかけてきたのだろう。そんなことを思いながら、百子さんの家を後にした。

ケンちゃんと肩を並べて歩く。舗道の上にふたつの黒い影が伸びる。その影を追うように私たちは黙々と歩く。

毎日一個のエクレアを買う百子さんの秘密。

頑なに人を寄せ付けまいとしたのは、その胸の中に長い年月を経ても癒されることのない戦争の深い傷跡があったから。

お下げ髪の少女たちはセーラー服を着ていた。

「セーラー服じゃないんだね」

高校へ入学した報告を兼ねて、おばあちゃんのいるグループホームを訪ねたときのことだ。タータンチェックのひだスカートに紺色のブレザーの制服を着た私を見て、おばあちゃんはぽつんと言った。

「ブレザー一着にスカート二着、それだけで三万近くするのよ。私の礼服の方が安いくらいだわ」

ママは目を吊り上げて捲《まく》し立てる。

「買う必要なんかなかったのに。私のセーラー服を着てもらえば……」

そこまで言うと、おばあちゃんは急にしくしくと泣き出した。

「ごめんよ。あのセーラー服を大事に取っておけばよかったねえ」

子どものように突然泣き出すおばあちゃんに、ママも私も狼狽《うろた》えた。

「戦争で焼けちゃったんだよ。くやしいねえ、くやしいねえ。芽衣ちゃんに着てもらえたのにねえ」

「何を言うの、おばあちゃん。芽衣はこの制服でいいんだよ。セーラー服なんて要らないよ」

いくらそう言ってもおばあちゃんは、ごめんよ、ごめんよ、を繰り返すばかりだった。

角を曲がって公園の前を通り過ぎようとしたとき、同時にふたりとも足が止まった。

「座ろうか」

ケンちゃんがベンチを指さす。私たちは並んで腰かけた。

「思ったより距離があったね」

「うん？」

ケンちゃんは優しく聞き返す。

「百子さんの家、フラミンゴから」

このすぐ横の道を百子さんは毎日歩いていた。ピンク色のキャリーバッグをゴトゴトと押しながらひとりで歩いていた。その胸の中には一体どんな思いがあったのだろう。

さぁっと風が吹く。ざわざわと公園の木々が揺れる。その隙間を雲がゆったりと動いていく。静かに時間が流れる。

「今年は空梅雨だなぁ」

ケンちゃんはいきなり立ち上がると、両手を組んで空へ向かって大きく伸びをした。ケンちゃんの背中、意外に大きくて広い。そう思いながら、そこからさらに視線を上へと伸ばす。

くっきりと青い空がそこにあった。昔、百子さんやおばあちゃんがお下げ髪でセーラー服を着た女子高校生だった頃も、同じ空が広がっていたはずだ。見上げると空がある。そんなこと大して気にも留めていなかった。でもそんな当たり前のことが本当はとても幸せなことなのだと思う。

青い空はいつしかだんだん滲んで、すうっと目の端からこぼれていった。


足が治ったらまたエクレアを買いに来てくれると約束したのに、百子さんがフラミンゴを訪れることは二度となかった。

私とケンちゃんが百子さんの家を訪ねて一ヶ月近く過ぎた頃、石川さんから突然連絡をもらった。

発作を起こし救急車で搬送された病院で、百子さんは静かに息を引き取ったというのだ。

「以前からだいぶ心臓が弱っていたんです」

石川さんは落ち着いた声で伝えていた。

百子さんの告別式は、同じ町内の小高い丘に建つ小さなお寺で行われた。

私の少し前を黒いシャツを着たケンちゃんが歩く。

晴れた日だった。白く光る石段をひとつひとつ上って行く。門をくぐると本堂まで砂利道が続いていた。気の早い蝉がホルトノキのてっぺんで「ジージー」と鳴いている。砂利を踏む足音と蝉の声とが青い空にこだまする。

百子さんは生涯独身で親戚も少ないと聞いていたが、式には大勢の人々が参列した。四十年近くの教員生活で出会い関わった仲間の教師や教え子たちが集まった。

その中に馴染みの顔の一団を見つけた。それぞれ揃いの黒いワンピースを身に着け少し窮屈そうに佇《たたず》んでいる。

魚屋のタケさん、惣菜屋のスエさん、薬局のサトさん、そしてクリーニング屋のキヨさん。みんな百子さんとの最後のお別れに駆けつけてくれた。

そうだった。

ようやく私は気づいた。フラミンゴだけじゃなかった。百子さんが栄町で立ち寄る店は他にもたくさんあったのだ。近くにある何でも揃っている便利なスーパーではなく、わざわざキャリーバッグを押して栄町のおばちゃんたちの店に通っていたのには、それなりの理由があったのだ。

何もないところからスタートした栄町。戦争で焼け野原だった所が見事に復興した。それを築き上げた人々の芯の強さ、逞しさ、そして大らかさ。

百子さんはきっとこの街が大好きだったに違いない。気ままに店をのぞき、おばちゃんたちと他愛のないユンタク（お喋り）を交わす。無愛想に振る舞いながらも、百子さんの本当の気持ちをおばちゃんたちも理解していた。

「シムサ（いいよ）」

「ナンクルナイサ（どうってことないよ）」

そんな言葉がポンポン飛び交う。太っ腹で気さくでちょっぴりお節介な町ぐゎのおばちゃんたち。百子さんは、おばちゃんたちとのやり取りを楽しみながら生活していたのだ。戦争の辛い記憶を胸に、ひとりで慎ましく生きていた百子さん。それでもずっとずっと前を向いて歩き続けていた。

私は空を見上げて合掌した。

ピンク色のキャリーバッグを押しながら一歩一歩前進していく百子さんの姿が、読経する声に包まれ小さくなっていった。

百子さんの初七日。

百合の花を抱えてケンちゃんとふたりで百子さんの家を訪ねた。

「まあ、いい香りだこと」

石川さんは早速、百合の花を百子さんの仏壇に活けた。花に囲まれた遺影の百子さんはわずかに口元を緩ませていた。横に並ぶセピア色の写真の少女たちも華やいで見えた。

テーブルの上に冷えた麦茶が用意されていて、その横に茶色の厚めの紙袋が置かれていた。

「実はこちらから伺《うかが》おうと思っていたのです。これをお渡ししたくて」

石川さんは大事そうに袋の中のものを出した。

記念誌帳――。

表紙の中央に記されている。ずいぶんと古いもののようでだいぶ色褪せている。

「先生の一高女時代のアルバムです。あなたに持っていただいた方が先生も喜ぶと思うんです」

B5判くらいの大きさで、アルバムにしては薄い装丁だった。

「戦争で焼けずに残ったのが不思議なくらいです。このアルバムがあったお陰でこれまで生きてこられた、とよくおっしゃっていました。つらいとき挫けそうなときいつもこれを開いて、亡くなった友達のぶんまでしっかり生きていこうって自分自身に言い聞かせたそうです」

「こんな大切なもの、私がいただいてもいいんですか？」

「この間訪ねてくださった後、あなたに渡してほしいってそうおっしゃっていたんです」

そっと手を伸ばしてアルバムに触れる。何度となく開いてもろくなったのだろう。表紙と背表紙の間に新しい紙を貼って補強した跡があった。

「実は……」

石川さんは言いにくそうに切り出した。

「先生はあなたのおばあさまのことをご存じでした。学年は一つ下だったようですが、同じ合唱部に所属されていたそうです。春ちゃんはピアノが上手だったから、いつも伴奏を担当していた、とおっしゃっていました」

「でも百子さん、おばあちゃんのこと知らないって」

「ごめんなさい。あのとき先生はどうしても打ち明けることができなかったのです」

「県立第一高等女学校と言うと、もしかしてひめゆり学園ですか？」

アルバムの表紙にじっと目を留めていたケンちゃんが静かに口を開いた。

石川さんは覚悟を決めたように大きく頷いた。

「そうです、ひめゆり学園です。県立第一高等女学校と師範学校女子部と併せてそう呼ばれていました。先生は県立第一高等女学校の学生でした。ご存じだと思いますが、ひめゆり学園の生徒たちは学徒隊として戦場に駆り出され、そのほとんどが命を落としました。先生はひめゆり学徒隊の数少ない生存者のおひとりなのです。ずいぶん長い間そのことをご自分の胸にしまい込んでいらっしゃいました。私に打ち明けられたのも、先生が小学校を定年退職してずいぶん経ってからです」

遠い夏の日の記憶が甦る。

六月の蒸し暑い日のこと。

「今日学校にひめゆりの人が来たよ」

「ただいま」よりもそのことを伝えたい。私は急いで台所に駆け込み、夕食の支度をしているおばあちゃんに背後から声をかけた。

「お帰り」

おばあちゃんはいつものように返事をしてくれたけれど、こっちを向いてはくれなかった。

「ひめゆりの人は、戦争のときまだ高校生のお姉ちゃんだったけれど看護婦さんとして働いたんだって」

小学生だった私は、今日集会で聞いたことを得意気になって話し出した。

「怪我をした兵隊さんにお薬を飲ませたり包帯を換えてあげたりしたんだって。それから爆弾が落ちたりアメリカの兵隊が来たら隠れたりするために、病院の裏の山に大きな洞穴を掘ったりしたんだって」

おばあちゃんは、うん、うん、と軽く相づちを打つだけで背を向けたままだった。

「戦争は絶対反対だって言って泣いてたよ」

それでもおばあちゃんは振り返ることなく黙ったままだ。トントンと野菜を切る音だけが響いた。

日が暮れてぼんやりと闇が広がる中、灯りも点けず割烹着を着たおばあちゃんの白い背中が浮かび上がる。なんだか不安になって後ろから抱きついた。細かな震えが伝わってきた。そのときようやく気がついた。おばあちゃんが泣いていたことを。

中学生のときのこと。

慰霊の日がある六月は平和学習月間。学校図書館は沖縄戦一色になる。

司書の先生が平和祈念資料館から戦争の『遺品』を借りてきた。

爆撃でぺしゃんこになったヘルメット。へこんだアルミの弁当箱。ひしゃげたジュースのビン。焼け焦げた片方だけの軍靴。そして見るも恐ろしい手榴弾。「手を触れないでください」の張り紙を添えてテーブルの上に並べられた。

図書館の壁一面はたくさんの写真パネルで埋め尽くされた。裸足でぼろぼろに破れた服を着た子どもたち。戦車に乗ったアメリカ兵。何隻もの軍艦で埋め尽くされた海。空を飛び交う戦闘機。黒く焼け焦げた山肌。

いつもの日溜まりのような図書館はどこにもなかった。きな臭さと恐怖と悲しみと。背負い切れない過去の大きな過ちを目の前に、誰もが言葉を失い立ち尽くした。書棚の本たちも片隅で息を潜めている。下校を告げるチャイムでようやく現実に引き戻される。

私は図書委員だった。

委員会活動で沖縄戦新聞を制作することになった。私は集団自決について記事を書いた。慶良間島に住んでいたという、同級生の女の子のおじいちゃんから聞いた話をまとめた。その記事が、とてもよく書けていると司書の先生や校長先生からも誉められた。その新聞は図書館の横に堂々と掲示された。

私はママにもおばあちゃんにもその新聞を見てほしかった。

六月の授業参観日。朝登校するときに何度も念を押したのに、結局来たのはママだけだった。

どうして？　どうして？　と幼い頃からずっと抱えていた疑問が、今ひとつひとつ解けていく。おばあちゃんも「ひめゆりのひと」だったのだ。

「あなたのおばあさまは今、どうされていますか？」

石川さんが優しく尋ねる。

「おばあちゃんは今施設にいます。認知症で考えることも記憶することも難しくなっています。ひめゆりのことは一言だって、私に話してくれたことはありませんでした」

「人には言えない辛く悲しい体験だったのでしょう。先生も戦争でどんなことがあったのかは詳しく語られたことはありませんでした。ただ自分だけが生き残って申し訳ないという気持ちを、ずっと持ち続けていらっしゃいました」

生き残って申し訳ない。

その言葉の悲しい響きが、針のように胸に突き刺さる。それを察したのか、石川さんは柔らかな笑みを浮かべて言い添えた。

「でも、あなたに会えて良かったって心から喜んでいらっしゃいました。私にいつもエクレアを売ってくれたあの可愛い子が春ちゃんのお孫さんだったなんて……。人の縁って不思議なものだねえ。やっぱり長生きしていて良かったんだねえ。穏やかな顔で何度もそうおっしゃっていましたよ」

振り返るたびに、門の外に立つ石川さんは頭を下げた。

百子さんのアルバムを胸にしょんぼりと歩く私の手を、いきなりケンちゃんが掴《つか》んだ。

構わずずんずん歩き出す。

「なによ、一体どうしたのよ？」

急に手を引っ張られ思わず小走りになる。なんだか怒っているようなケンちゃんの様子に、私は戸惑うばかりだ。

「芽衣に見せたいものがある」

それだけ言うと、ケンちゃんは黙って歩き続けた。公園を曲がり中学校の前の道路を横断する。向かいにある小学校の塀沿いに歩く。しばらく歩いて、ようやくケンちゃんの足が止まった。

「これ見て」

植え込みの中に二体の小さなブロンズ像があった。

セーラー服を着た女学生。一人はお下げ髪、一人はおかっぱ頭。ふたりとも椅子に腰かけじっと前を見つめている。ふたりの間に同じくブロンズで作られた本が開かれていた。そのページにはこう記されていた。

「戦前この辺りには女師、一高女と呼ばれていたふたつの学校がありました」

私は急いで抱えていたアルバムを開く。写真の少女たちと形のよく似たセーラー服。私は思わずケンちゃんを振り返る。

「偶然見つけたんだ。まさかおばあちゃんと百子さんが通っていた学校、ひめゆり学園がこの辺りにあったとはね」

ケンちゃんはそう言うと、私の横にしゃがみ込んで同じように少女たちを見つめた。

少女たちは何事もなかったように佇んでいる。その瞳は、笑っているようにも悲しんでいるようにも見えた。

全てがひとつに繋がった気がした。この場所に、栄町に、ふたりが通ったひめゆり学園があったこと。まるでこの少女たちはおばあちゃんと百子さんみたいだ。ずっとここにいたのに、誰も気づかなかった。

「百子さんは、たった一個のエクレアのためだけじゃなくて、きっと自分自身のためにもこの道を歩きたかったんだよ」

ケンちゃんの言葉は、風に乗って辺りの木々を揺らす。

「この道を歩くことで、百子さんは夢と希望に胸を膨らませていた女子高生に戻れた。元気になれるおまじないだよ。あの歌と同じさ」

「歌？」

「あの歌を歌っていたときの百子さんの顔覚えてるか？　目をきらきらと輝かせてまっすぐに前を見つめて……。芽衣のおばあちゃんだってきっとそうだったと思うよ」

風が柔らかに頬を撫でる。

歌を歌いながら楽しそうにお菓子を焼いていたおばあちゃんの姿が甦る。

「俺のおまじない、教えてやろうか？」

ケンちゃんの顔にはにかむような表情が浮かんだ。

「俺、鍵っ子だったんだ。おまけにひとりっ子。だから家に帰るといつもひとりぼっち。でも週に二回、ピアノの練習の日だけは違っていた。いつもお前んちへ寄って一緒におばあちゃんの手作りのおやつを囲んで。たまにお前にちょっかい出してお前が怒って、おばあちゃんが笑って……。お腹も心も幸せいっぱいに満たされた。今思うとあの頃が俺、一番幸せだったかなって思う。あの頃のことを思い出すと、今でも胸んとこが温かくなって、じわじわと力が湧いてくるような気がするんだ。だからおまじない、俺にとってのね」

ケンちゃん……。

私はじっとケンちゃんの横顔を見つめた。ケンちゃんだけじゃないよ、私だって……。

心の中で呟いた。

「高校では、親父の言う通りピアノを辞めて医学部受験に専念した。やることないから毎日馬鹿みたいに勉強ばかりしてさ。でも自分でも気づかないうちにずいぶんと無理していたみたいなんだ。高三の夏休みが終わって二学期が始まってしばらくして、朝、起きようとしたら体が動かないんだ。ベッドから降りられなくなって……。そのうち食事も何にも取れなくなった。頭ではわかっているんだ。学校に行かなきゃ、何か食べなきゃって……。でも気ばかり焦るだけで、回路が切れたロボットみたいに体の方はちっとも反応しないんだ。とうとう病院に入院する羽目になった。それからは毎日点滴とカウンセリングの繰り返し。全然良くならなくて……。白く痩せ細って行く自分の体を見ているうちに、俺、もうこのまんまダメになるのかなって自分でも諦めかけていた。そんなとき、偶然誰かがお見舞いに持ってきたポーポーを見つけてさ。それを見たら懐かしくて、お前とおばあちゃんのことを思い出して……。気がついたら泣きながらむしゃむしゃ食っていた」

信じられない話だった。ケンちゃんがそんな辛い目に遭っていたなんて。あの日、ピアノ教室で真っ赤に泣きはらしたケンちゃんの顔が浮かんだ。思わず涙がこみ上げてきた。

「それから少しずつ食べられるようになり、体も動かせるようになって、どんどん回復していったんだ。退院したとき、親父はもう俺の好きなようにしていいって言ってくれたんだけど、とりあえず最初の目標通り医学部を受験することにした。負け犬になりたくなかった。医学部に受かった時点で自分の道を選びたかったんだ」

泣いている顔をケンちゃんに見られたくなくて、私はずっとブロンズの少女たちに顔を向けていた。

「芽衣？」

ケンちゃんが顔をのぞき込む。私は慌てて涙を拭う。

「それで医学部、どうなったのよ？」

「もちろん合格したよ。でも入学は辞退した。そして決めたんだ。やっぱり俺にはこれしかないって！」

ケンちゃんはもったいぶったように両手を広げ軽やかに指を動かす。私を見ていつものようにニヤリと笑う。

そうか、良かった、本当に良かった……。

ほっとしてまた涙ぐむ。

「芽衣にとってこのアルバムがおまじないになるといいな」

ケンちゃんは囁くように言うと、きょとんとしている私を残してすたすたと歩き始めた。

「ちょ、ちょっと待ってよ」

急いで駆け寄り、今度は私の方からケンちゃんの手を取った。

少女たちに見送られながら、私たちは手を繋いで帰り道を歩いた。ケンちゃんの手の温もりを感じながら、私は昔、ケンちゃんがよく弾いていたピアノの調べを思い出していた。

その夜、私は久しぶりにおばあちゃんの部屋に入った。

小さな整理ダンスと三面鏡と座卓があるだけの殺風景な部屋。いつおばあちゃんが帰ってきてもいいようにそのままにしてある。でも私はおばあちゃんが施設へ入所して以来、ずっとこの部屋を避けてきた。いつも私を守ってくれていたおばあちゃんがもういない現実を、主の消えた部屋は容赦なく突きつけてくるようで。

飴色に光る座卓の前に座る。その上にはふたつの写真が飾られている。ひとつはおじいちゃん、もうひとつは私が七歳のときの七五三の写真だ。

その横で私は百子さんのアルバムを開いた。

どのページも可憐な少女たちであふれていた。校庭の松の木の下で校長先生を囲んだ集合写真。教室で一斉にお習字をしている授業風景。白い割烹着姿での調理実習。開襟のシャツにブルマー姿で行進している運動会。もんぺ姿で鍬や鎌を手にして行っている農作業。窓から顔をのぞかせ手を振り笑っている寮生活のひとコマ。誰もが瞳をきらきらと輝かせ夢や希望に胸を膨らませている。少女たちのくすくす笑う声まで聞こえてくるようだった。

六十年以上前の写真はどれもモノクロでピントもずれていて、色褪せていたり変色していたり……。でも講堂があって体育館があって、そして当時にしては珍しくプールもあった。こんな立派な学校が戦前にあったこと。何よりもそれはおばあちゃんの学校であったこと。今はもう消滅していて写真でしか見ることはできないけれど、それでも私は誇らしかった。

素敵な学校！　素敵な生徒たち！　声高らかに叫びたかった。校門前の想思樹《そうしじゅ》並木の木漏れ日、陽を受けて光る校舎の屋根瓦、校庭に吹き渡る風。自分がまるでそこにいるかのように身近に感じられた。少女たちと同じように私の頬は紅潮し、口元には笑みが浮かんだ。

いつしか、アルバムをめくりながら私はある不思議な感覚を抱いていた。誰かが一緒にページをめくっている気配、息遣いがすぐ側にある。

百子さん……？

私の手の動きは自分の意志によるものなのか、それとも操られているのか。幾枚かページをめくった後、自然に手が止まった。

音楽室だろうか。十四、五人の女生徒たちがピアノの横に立ち笑顔で写っている。ひとりの少女がピアノの前に座り、顔だけこちら側へ向けていた。おかっぱ頭で頬がふっくらとしていて、あどけない笑顔を浮かべている。私の目はその少女に釘付けになる。

「春ちゃんはピアノが上手だったから、いつも伴奏を担当していた……」

……おばあちゃん！

間違いない。その少女は私と同じ高校生のおばあちゃんだった。

窓の外には夜風が吹き渡り、波打つように木の葉がさわさわと揺れる。

私はアルバムを胸に抱き窓辺に立つ。

「おまじない、元気になれるおまじないさ」

ケンちゃんの言葉を心の中で反芻《はんすう》する。くやしいけど、ケンちゃんの予感はどうやら当たっちゃったみたい。

空には満天の星が輝く。

おばあちゃんと百子さん。

戦争で大勢の学友を亡くしたふたりの悲しみは計り知れない。癒してあげることもできない。でもその思いを私は受け継ぐことはできる。亡くなった少女たちのぶんも精一杯生きること。どんなときも胸を張ってまっすぐに進んでいくこと。頼もしいことに、私のおまじないはこのアルバムだけじゃない。あの歌もそうだ。そしてふたりの学校のあった場所、栄町も。


ケンちゃんのパリ行きは突然の展開だった。

ケンちゃんはパリにある音楽学校の特待生を決める試験に見事合格し、来月には入学準備もあってパリへ発つことになっていた。ここへ戻ってきたのも、家に残しておいた楽譜や資料やらを整理するためだった。

正直言うと私の心は複雑だった。

ケンちゃんが音楽の夢に向かって旅立つことを素直に喜ぶ気持ちと、それとは別に自分だけ取り残されてしまう、そんな寂しさを覚えたのだ。

その日、ママは早めにおばあちゃんを迎えに行った。久しぶりに家に帰ってきたおばあちゃんは、口紅を引いてワンピースを着ておめかししている。手の爪には自分から好んで塗ってもらったというマニキュアをしていた。色も自分で選んだという。それは百子さんのキャリーバッグを思わせるような鮮やかなピンク色だった。

ここはどこなんだろうと辺りを見渡し落ち着かない様子だけど、お構いなしに私はおばあちゃんの手を引いた。

「ねえねえ、ポーポーを作ろうよ！」

デザートはこれしかないと初めから決めていた。

おばあちゃんは久しぶりに白い割烹着に袖を通した。三人でキッチンに立つなんて、おばあちゃんが元気な頃でさえめったになかったことだ。

ママはどこからか見つけてきたレシピを片手に、テーブルに広げた材料に目を光らせる。

「えーと小麦粉二百グラムに、一カップの水と……」

意外と慎重なママはすぐには取りかからず、細かなチェックを怠らない。私の方はさっきから、どこへしまったかわからないスケールを探している。

私たちのやり取りをずっと黙って見ていたおばあちゃんは、ママの横から小麦粉の袋を手に取ると、そのままボールの中へ振り入れた。それから他の材料も、適当な量を手際よく次々とボールの中に入れ、側にあったしゃもじを使って器用に混ぜ合わせた。

ママも私もびっくりするやら嬉しいやら。ケンちゃんの言う通り、お菓子作りはおばあちゃんの隠しポケットの中にちゃんとしまわれていたのだ。

「おばあちゃん、フライパン温めたよ」

私が言うと、おばあちゃんはおたまでタネをすくって流し入れる。

「私の出番がないわね」

ママはそうぼやきながら、最後は涙で声を詰まらせた。

玄関のチャイムが鳴った。

ドアを開けると甘い香りが飛び込んできた。大きなバラの花束を抱えた石川さんがほほ笑んでいる。

「いらっしゃい」と迎えると、いきなり横からケンちゃんも顔を出した。なぜか私はドキドキした。

「はい、お土産」

目の前に大きな箱を差し出した。箱の表にあるのはお馴染みのフラミンゴだ。

「奮発して二十個だ」

「誰がそんなに食べるのよ」

ケンちゃんはニヤリと笑って人差し指を自分に向けた。

「はじめまして」

「久しぶり、おばあちゃん」

石川さんやケンちゃんに声をかけられ、おばあちゃんはにこにこして応える。

「おばあちゃん、ケンちゃんだよ。おばあちゃんのポーポーが大好きで私のぶんまで横取りしていたガチマヤー（食いしんぼう）の男の子だよ」

私の言葉に「うん、うん」と頷くおばあちゃんの手を、ケンちゃんはそっと握った。

偶然にも石川さんとママは同い年だった。初対面にも拘《かか》わらず、ずっと前からの知り合いのように、ふたりは同年代のお喋りに花を咲かせすっかり意気投合している。ママのあんなにはしゃいだ顔、久しぶりに見たような気がする。

大皿に盛られたポーポーを目の前に置くと、ケンちゃんはガッツポーズを作った。ひとつふたつと次々に平らげる見事な食べっぷりに、ママや石川さんは目を丸くしている。私は可笑《おか》しくて笑いころげた。

エクレアは私からのリクエストだった。

歌に出てきたこのお菓子のことをおばあちゃんは忘れてしまったかもしれない。でもそれでもいいから、おばあちゃんにフラミンゴのエクレアを食べてほしいと思った。

お皿に乗せておばあちゃんの前に置いた。

「なに、これ？」というような顔をしておばあちゃんは私を見る。

「エクレア、ううん、エクレールだよ」

向かいに座る石川さんも優しい眼差しをおばあちゃんに向ける。

おばあちゃんは、エクレアを手に取ると、端をそっと囓《かじ》った。黄色のカスタードクリームがトロリと流れ出す。慌ててておばあちゃんは舌の先で受け止める。

このお菓子にあこがれていた頃のおばあちゃんは、私と同じ高校生だった。ピアノの前に座っていたおかっぱ頭の少女を思い浮かべる。ちょうどおばあちゃんの指先に塗られたマニキュアのように、愛らしく輝いていた。

「どう、おいしい？」

尋ねると、おばあちゃんはにっこりして頷いた。その顔に、同じようにほほ笑む少女の顔が重なる。

もうひとつ、ケンちゃんへのリクエストは、ピアノを弾いてもらうことだった。居間には誰も弾かなくなって久しいピアノが置かれていた。今日のために昨日急いで調律してもらったばかりだ。

ピアノの前にケンちゃんは座った。鍵盤の上に指が振り下ろされ、ケンちゃんの得意なショパンの曲が軽やかに流れ出す。

久しぶりに聴くケンちゃんのピアノ。あの土砂降りの夜に聴いたものとは大違いだった。私は目を閉じて聴き入った。

ピアノが踊っている。なんて楽しそうで、なんて嬉しそうなんだろう。何の迷いもなく自信に満ちあふれている。ケンちゃんがピアノを好きな気持ち、くやしいくらいにびんびん伝わって来る。

かつて傷を負った白鳥は、今や悠々と羽を広げ大空へ羽ばたこうとしている。

フラミンゴだって……。

私は傍らの箱に目をやる。どんなに不格好だろうと、いつか必ず同じ空に羽ばたいてみせる。この羽で空をピンク色に染め上げるんだ。

ショパンを弾き終えた瞬間、ケンちゃんは満足とも安堵とも取れるようなため息を吐いた。私はケンちゃんへ力いっぱい拍手を贈った。ママや石川さんからも同じように拍手が湧き起こる。

おめでとうケンちゃん！　そして頑張れ！

ケンちゃんへの拍手の渦の中、ふいにおばあちゃんが立ち上がった。とことことピアノへ近づきケンちゃんの横へ腰かけた。じっと鍵盤に目を落とすと、ゆっくりと両手の指をその上に乗せた。

「ポロン、ポロン……」

ゆるゆると曲が流れ出した。

これは……！

あの歌だった。百子さんが歌っていた歌。おばあちゃんがお菓子を焼くときに口ずさんでいた歌。

ケンちゃんが私を見て大きく頷く。私はふたりの側へ駆け寄った。

ケンちゃんがおばあちゃんのピアノを助ける。ふたりの伴奏に合わせて歌い出す。

お菓子の好きな　巴里娘
ふたりそろえば　いそいそと

角の菓子屋へ　ボンジュール

おばあちゃんは無心にピアノを弾いている。その瞳にはいつしか強い光が宿る。夢や希望を乗せて歌ったあの頃。記憶をなくしても決して失わないものがある。

その指先から、白い鍵盤の上に可憐なピンク色の花が咲きこぼれる。写真の少女たちがおばあちゃんのもとへ集う。ママも石川さんもおばあちゃんを囲んだ。皆一斉に声を響かせる。

人が見ようと　笑おうと
小唄まじりで　かじり行く
ラマルチーヌの銅像の
肩で燕の　宙返り

百子さん――。

そっと呼びかける。百子さんとおばあちゃんとひめゆりの少女たち。私たちはしっかりと繋がり合った。

みんながおばあちゃんを囲んで歌っている。私には聞こえる。弾むような澄んだ歌声。私には見える。キラキラと輝く瞳とピンク色に染まるとびっきりの笑顔。大合唱はいつまでも止まない。私たちが命の輝きを絶やさない限り、いつまでも響き渡る。

ボンジュール、巴里娘《パリジェンヌ》たち！

（了）

※注　作品中の詩は『お菓子と娘』（西條八十作詞）から引用。

菓子箱

夢のお告げなんて考えたこともない。

初夢はいつ見たものなのか、迷っているうちに忘れてしまうし、正夢も逆夢も当たったためしがない。もっとも、夢を見たという現実がフレームとして残っているだけで、肝心の中身は幻のように消えてしまっていることがほとんどなのだから。

神様は意地悪で気紛れだ。見たいときには見せてくれない。執着も消えてほとんど忘れかけた頃に、ひょっこりと夢に見る。

七年振りに拓海の夢を見た。

電話が鳴った。

—もしもし……。

懐かしい声が受話器の向こうから聞こえてきた。

—子どもができたみたいなんだ。相談できるのは君しか思いつかなくて。僕は産もうと思っている。助けてくれないか……。

面食らってしまった。

赤ちゃん？　男のくせに？

相手は？

どうして今さら捨てた女に頼るの？

夢は不思議だ。男が妊娠するという非現実な状況をあっさり受け入れて、困っているからと頼ってきた元恋人の図々しさに、私は腹を立てている。

でも本当に拓海は困っているようで、受話器の向こうから聞こえる切ない声に心が揺れた。昔のようにしょうがないなと思いながらも、結局彼の言う通りにしてしまうのだろう。

ぼんやりとそう確信して夢は終わった。

カーテンを開けてベランダに出た。隅に設けたささやかなガーデンに、水をやるのが毎朝の日課になっている。ベンジャミンの葉が揺れる。

ざわざわ。

ざわざわ。

秋の始まりのこの風が好きだ。物悲しいような懐かしいような想いがぎゅっと胸を掴《つか》む。

あのときの風もこんなふうだったのだろうか。

拓海が日本を離れる日、私は空港へは行かなかった。オフィスの屋上から彼を見送った。濡れた頬を何度も風が撫でていった。

七年前、拓海は私の前から去って行った。それは例えて言えば、秘密の森へと誘われてひとり置き去りにされたようなものだった。心細くて毎晩膝を抱えて泣いた。

出版社で同じ企画部に所属していた。当時私は記事を、拓海はデザインを担当していた。彼の愛し方は唐突で、時間も場所も構わず闇雲に突き進んだ。私はあれよあれよとどんどん彼の世界へ引き込まれていった。いつ、どうやって拓海の愛を受け入れたのかはっきりしない。乗合バスか何かに乗っていて、気がついたら彼は私の横に座っていた。

恋も仕事もそのまま順調に行くかに思えた。付き合ってから三年後、拓海の描いたポスターが国際コンクールで金賞に輝いた。それを機に彼はフリーになりアメリカへ渡ることを決めた。

仄《ほの》かに期待していた。

一緒に来てほしい。

それとも、待っていてほしい。

どちらでもよかった。けれど実際拓海から告げられた言葉は冷たいものだった。

「俺はひとつしか選べない。仕事も女も同じラインだ」

薄々気づいていた。この数ヶ月間の彼の心の変化。何よりも仕事が優先となり、会う回数はめっきりと減った。約束しても仕事が理由で簡単にすっぽかされた。

彼はもうかつての彼ではなかった。表情にも声にも私への想いのかけらも感じられない。抜け殻がそこにいて渇いた視線で私を一瞥《いちべつ》した。

七年の歳月は私を一人前の女性編集者に仕立て上げた。女性にはありがちなパターンである。恋に破れて仕事一筋に生きる。次々と大きな企画をこなし、ライターとしても認められ、雑誌や新聞社からのコラムも依頼されるまでになった。

ポットに紅茶の葉を入れ、熱湯を注いだ。頃合いを見て、カップに半量を入れ温めたミルクを注ぐ。

—子どもを産みたいんだ。

白い渦の中にぽつんと、拓海の声が浮かぶ。ふ、と小さく笑ってみる。

へんな夢。

どんなに願っても、夢にさえ現れてくれないほどつれなかった彼が、どうして今頃になって現れたのだろう。彼はまだアメリカにいる。ニューヨークで個展を開けるくらいの地位を築いた。地理的にも時間的にも、もうずいぶんと遠い人だ。

残ったミルクティーを一気に飲み干した。

オフィスに着くと、デスクの上にリボンのついた包みが置かれていた。

―なんだろう？

包みを手に取ると、デザインのアシスタントをしている順ちゃんがすっと寄ってきた。

「おはようございます。これ田舎の名物のお菓子です。結構ヒットしてるんですよ。で、サクサクッとした食感、これがまた紅茶と相性バッグン！　澪さん、きっと気に入るんじゃないかと思って」

おでこにかかる前髪をさらさら揺らしながら、リズミカルに話す。人柄が出るのか、順ちゃんが描くイラストも弾けるような色使いでタッチが瑞々《みずみず》しい。

「サンキュ！」

開けてみると、カラフルな菓子箱が出てきた。

―あ、
その箱には見覚えがあった。

ブルーの地に赤や黄色、紫、色鮮やかな花や蝶が乱れ飛ぶ。

「順ちゃんの田舎ってもしかして……」

言うより先に順ちゃんがその土地の名を口にする。

「あれ、澪さん知らなかったですか？」

順ちゃんの意外そうな声が、途切れ途切れに反響する。

拓海と同じ田舎だ。

—助けてくれないか……。

拓海の声が再び甦る。

ちりちり、ちりちり……。心の奥で何かが微かに揺らめいた。


「花を描くのは苦手だ」

お菓子をボリボリかじりながら拓海は言った。

「俺の描く花は花でなくなる。どんどん色をつけていくうちに、はみ出して花火みたいに爆発してしまうんだ」

「拓海は欲張りだもんね」

おどけて言うと彼は容赦なく私を羽交《はが》い絞めにする。やめてぇと三回ほど叫んだ辺りで、ようやく腕を緩める。

「一度だけ、花の絵を誉められたことがある。学校の宿題かなんかだったんだけど。俺、そのときすげえ嬉しくて、そのときの絵、大事に大事にしまっておいたくらいだ」

「誰に誉められたのよ?」

一瞬、拓海は表情をなくした。が、すぐにおどけた笑いを浮かべた。

「忘れた。隣の席のカワイ子ちゃんだったかな？」

私はさっきのお返しに、拓海の鼻を思い切り摘む。いててててとオーバーに叫んで彼はベッドに倒れ込む。私もそのまま彼の横に滑り込む。

「その絵、どこにしまってあるの？」

尋ねると、拓海は寝そべったまま、サイドテーブルの上の菓子箱に手を伸ばした。

「これと同じ箱の中さ」

「？」

拓海はお土産が好きだ。いつもお土産持参で私のアパートにやって来る。仕事のついでに寄ったからと、銀座の老舗の和菓子を買って来てくれたり、おいしそうだったからと、駅前のスーパーで買った苺のパックを提げてきたり。ドアを開けるなり目の前に突き出す。私のびっくりしたり喜んだりする顔を見て目を細める。

その日は新宿のデパートで買ったお菓子を持って来ていた。懐かしくて思わず買ってしまったと言い添えて。

「このお菓子、俺の田舎に昔からある伝統菓子なんだ。ちゃんとしたデパートにしか置いてなくてさ。きれいな箱だろう。俺、この箱にずっとあこがれていてさ。貧乏だったからお菓子なんて駄菓子くらいしか買ってもらえなかったから。小学生のとき、偶然担任の先生が持っているのを見て、頼み込んで空箱をもらったんだ」

「それって、拓海のお宝の箱？」

「ああ」

「バッジやらカードやら、仮面ライダーのフィギュアやら、海で拾った変な形の貝殻やら、とにかく大事なものを一杯詰め込んだ。今じゃがらくただけどな」

菓子の屑が拓海の顎の先っぽに付いている。指でつまんで彼の口へ入れてあげる。

「お菓子の方は昔ほどうまいとは思わなくなったけどな……。あ、さっきから俺ばっかり食ってる。澪も食え！」

拓海は菓子を二、三個鷲掴みにすると、無理やり私の口の中に詰め込む。嫌がる私を押さえつけ、はみ出した菓子を何度も指で押し込む。笑い転げながら私は抵抗する。終いには彼の口が私の口を塞ぐ。拓海の温かな舌に先導され、唾液でぐちゃぐちゃになった菓子が口の中で溶け合う。どれが拓海の舌なのか自分の舌なのか、感覚が曖昧《あいまい》になる。ゆっくりと時間をかけて咀嚼《そしゃく》され、私は彼の全てを受け入れる。

服を着た後も、拓海はベッドの上でぐずぐずと煙草《たばこ》を吸っている。

「拓海、その花の絵、私にも見せて」

目が虚ろになった。

「ああ、いつかな」

呟くように答えて吸殻をもみくちゃにした。


ずっと抱えていた紙袋は、軽いはずなのに、駅でも帰りの電車の中でも、私は何度も持ち替えてばかりいた。

秋の連休に、慰安旅行と称して順ちゃんの田舎の島に行くことが計画されていた。ちょうど担当している雑誌の、クリスマス号の締め切りの時期と重なるので、私は初めから参加メンバーから外してもらっていた。

「私も参加しようかな」

あの後、順ちゃんを呼び止めて思わず言ってしまった。

―なぜあんなことを言ってしまったのだろう?

夢と菓子箱は偶然だ。だけど、あのとき何かが引っかかった。

帰宅して紙袋の中から包みを取り出す。

順ちゃんからもらったブルーの菓子箱。

「私のお宝の箱ね」

あのとき、空になった箱を拓海からもらって、私は嬉しくて子どものように抱き締めた。それと同じものが、今、目の前にある。

あの箱の中に、何を入れたんだっけ？

拓海とのツーショット写真。一緒に観た映画やコンサートのチケットの半券。走り書きのラブレター。拓海がデッサンした私の横顔。初めてもらった指輪のパッケージ……。

嫌だ。どんどん思い出してしまう。

七年前に封印したものたち。今もこの部屋のどこかに眠っている。

─今じゃ、がらくただけどな。

拓海の言葉が意地悪く響いた。

十月だというのに、日差しが真夏のように強い。アスファルトの照り返しもきつい。眩しさにたまらず、空港を出るとすぐにサングラスをかけた。

カメラマンの慎さんとアシスタントの杉本くんと小野くん、イラスト担当のレイコさん、それに順ちゃんと私を加えて、六人の取材旅行になった。

飛行機の上から島を眺めたとき、思ったより小さな島なので驚いた。この島で何が私を待っているのだろう。

私たちは北部の海沿いのホテルではなく、島の中心部のホテルを選んだ。十月でも泳げるとは聞いていたが、海よりも島の特産の食べ物や伝統工芸品の方が興味深いと、皆の意見が一致したからだ。

二組に分かれてタクシーでホテルに向かった。

「さあ、ホテルに着いたら、即、行動開始だな」

食道楽の小野くんは、ガイドブックのレストランや居酒屋のページをぺらぺらめくっている。

「澪さん、どこか行きたい所があるんじゃないですか？」

隣に座った順ちゃんが聞いてきた。シャツを脱いで、既にタンクトップ一枚になっている。耳元で貝のピアスがさわやかに揺れる。

「どうして？」

「だってさっきから案内表示ばかり見ているから」

「え、うん。ここは変わった地名が多いなと思って」

「私案内しますから、遠慮しないで行きたい所があったら言ってください」

拓海が生まれた所も育った所も知らなかった。彼が私に教えてくれたのは島の名前だけだ。

「へんな感じだったな、今日の学校」

お受験で有名な都内の小学校へ取材に行った帰りのことである。拓海はカメラマン代わりに同行した。

「うん、全校児童七百名もいるのよ。なのに、子どもがいるって気配があんまりしなかったね」

煙草の煙を吐き出し、拓海は苦い顔をする。

「顔がどうしても思い出せないんだ。児童会長だったっけ？　インタビューした子」

「制服のせいかな？　同じ服着てるとみんな同じ顔に見えちゃうわね」

休み時間になっても、運動場にはもちろん廊下にも子どもたちの姿を見かけなかった。クーラーの効いた教室で、子どもたちは静かに座っていた。真っ白い上着、カサカサと乾いた頬、清潔そうな手足。まるで箱の中に行儀よく詰められたお菓子のようだった。

「俺の通った小学校は、飲み屋街のど真ん中にあってさ」

「え？」

拓海が小さい頃の話をするのは初めてだった。

「汚い所でさ。朝登校するときに、道端でどこかのおっさんが酔いつぶれて寝ていることはしょっちゅうだったし、道の真ん中にゲロを吐いたのが残っていて、鼻摘んで小走りに通り過ぎた。学校の塀や周辺の溝は、いくらきれいにしても小便臭さが消えなくてさ。クラブ活動かなんかで遅くなると、客引きで出ている化粧の濃いお姉さんたちの横をドキドキしながら帰ることもあった。全くひどいもんだったよ」

ふと、小学生の拓海の顔が浮かんで消えた。口元をぎゅっと結んで、負けん気の強そうな男の子。

「もっとも、そいつらを相手に親たちの商売が成り立っているんだから、誰も文句は言えないのさ。酔っ払い様様ってわけだ」

拓海の母親もスナックを経営していたそうだ。店の奥の六畳二間が生活の場だった。店の表に看板があり、母親の名がカタカナで記されていた。夕刻、お通しやつまみの支度が済むとスイッチを入れる。オレンジ色の灯りが看板に灯った。

夜中に店を閉めた後、母親は息子のためにおむすびを握る。朝になって、拓海はひとりでそのおむすびと牛乳とで朝食を済ませ、学校へ行く支度をする。寝ている母親を起こさないように、そっと家を出る。

「家を出るとき、必ず店の看板を見てしまうんだ。見ないようにして行ってしまおうと思っても、必ず目がそこへ行ってしまう。夜だとあまり気づかないけれど、朝見ると、それはあまりにも貧弱でみすぼらしくて……。あれはお袋の名前なんかじゃないって、悔しいような情けないような気持ちになって、そのまま学校まで駆けて行った」

「お母さん、今は？」

「六年前に死んだよ」

悪いことを聞いてしまった。

「お袋の稼ぎだけで俺は大きくなったんだ。大学への進学も初めから諦めていた。家にはそんな金はないって知っていたから。そうしたらお袋、店を売ってその金を俺の前にポンと置いたんだ。これで行きなさい。お前が大学へ行くのが母ちゃんの夢だからって……。その後は友達の店に住み込みで働いて、俺に仕送りをしてくれた。就職が決まってやっと楽させてやれる、親孝行できる、と思った矢先にお袋が倒れた。末期の卵巣ガンだった。あっけないよな……。まだ四十七だった。働いて働いてさんざん苦労して、それでお仕舞いだ。楽しいことなんてちょっとでもあったのかな」

「……お父さんは？」

「俺には父親はいない」

もう何も聞けなかった。私は黙って後ろから拓海に抱きついた。拓海の体からは、いつも渇いた夏の匂いがした。たっぷり日差しを浴びてすくすく伸びる大木を思わせた。でもそのときは、回した腕の中に、冷たく広がる真っ暗な夜の海を感じた。

名物のそばを食べたいという慎さんの一言で、荷物を部屋に運ぶや否やすぐにロビーに集合した。便利なことに、ホテルの前の通りが島のメインストリートになっている。そば屋、ステーキハウス、カフェ、土産物店、コンビニなどが軒を連ねていた。

私は昨夜遅くまで仕事を片付けて、ほとんど寝ていなかった。とても皆のテンションの高さに付いていけそうもない。食事よりも少し部屋で休むことにした。

「落ち着いたら携帯に電話してください。おそば屋さんも近所だし、食事の後もこの辺りをブラブラしていると思いますから、すぐに迎えにきます」

順ちゃんは気遣ってそう言ってくれた。

部屋に戻ると、シャワーを浴びてTシャツと薄いコットンのパンツに着替えた。

カーテンを開けると、細かな光の粒が部屋の中に雪崩れ込む。表の通りは車の往来が激しいのに、分厚いガラス一枚で隔てられたここは、ひっそりとしている。ルームサービスで頼んだジャスミンティーを飲みながら傍らのロッキングチェアーに腰をおろした。

窓の外に淡いブルーの空が広がっている。初めて訪れた場所なのに、私は妙に落ち着いていた。

目を閉じる。

小麦色の肌、癖毛の髪、彫りの深い顔立ち。島の空気がそうさせるのか、拓海の顔がくっきりと輪郭を帯びる。

いつの間にかすうっと眠りに就いてしまった。

夢を見る。

私は小学生の女の子になっている。

ぽつんと公園のベンチに座っていた。遠くで大勢の子どもの声がする。

―なんだろう？

背伸びをして辺りを見回すと、通りの向こうに学校の校舎が見える。

まだ授業している時間だ。

どうしてこんなところにひとりでいるんだろう。

忘れ物をして家に取りに帰る途中なのかもしれない。それとも嫌いな体育の授業をこっそりと抜け出してきたのだろうか。ぼんやり考えながら、私は再びベンチに座った。

目の前にどっしりと大きな木が聳《そび》え立つ。

うねうねと太い幹を伸ばし、空に向かって何本も枝を広げている。

こんな大きな木を見るのは初めてだった。見ていると、そこだけ時間が止まっているような錯覚を覚える。

いつの間にかお爺《じい》さんが横に座っていた。

「あの木のことを知っているかね」

目の前の木を指差し、ふいにお爺さんは語りかけてきた。

「あの木はな、わしが生まれるずっと前からここにあってな」

お爺さんは懐かしそうに目を細めた。

「小さい頃は、あれに登ったり枝にぶら下がったりして遊んだもんだ。一緒に遊んだ友達は今では誰もおらんようになってしまった。それでも木だけは残っとる。いつまでも変わらない」

風が吹いた。ざわざわと葉が鳴る。

「季節が移るように人の心も様変わりする。でも、根っこの大事な部分はいつまでも変わることはない」

「飲むかい？」

お爺さんはウーロン茶の缶を差し出した。喉がカラカラに渇いていた。

コクコクと冷たいお茶を喉に流し込みながら、木の幹から枝、空へと視線を移した。そのまま空の青さが目の中に溶け込んでしまうくらい、しばらくじっとしていた。

携帯電話の着信音が鳴っている。

慌てて起き上がり、テーブルの電話に手を伸ばした。順ちゃんの心配そうな声が聞こえてきた。

「澪さん大丈夫ですか？　レイコさんが染めと織物を見たいというので、私たちこれから城下町の工房へ向かうんですが、澪さんどうしますか？」

「今起きたところよ、心配しないで。ひとりの方が気ままでいいかも。忙しかったからここではのんびりしたいの」

ひと眠りして元気が出たせいか、それとも夢を見たせいか、自分がここへ来たいと思ったわけを知りたくなった。とにかく外を歩いてみよう。ガイドブックを手に、私はホテルを飛び出した。

ホテルの前から裏通りまで並木道が続いていた。木洩れ日の中をさらさらと風が吹き渡る。心地よさに惹かれて私はさらに奥へと足を進めた。

華やかな表通りとは違って、裏通りには民家の中に小さな店がぽつん、ぽつんと疎《まば》らにあるだけだった。

それでもその独特の雰囲気を楽しみながら、店のショーケースをのぞいたりした。

しばらく行くと、突然公園が目の前に現れた。寂れてひっそりとした公園だった。ようやく読めた表示には、「玉の子公園」と記されていた。夢に現れた公園と似ているような気もしたが、あの大きな木は見当たらなかった。

公園の向かいに小さな画廊を見つけた。何気なくのぞいた店のウインドウの前で、私は動けなくなってしまった。

そこには一枚の絵があった。

四角い箱の中にびっしりとバラの花が詰まっていた。夥《おびただ》しい数のバラの花が乱れて舞っている。むせ返るような甘く激しい香り、柔らかな桃色がくるりくるりと迫ってくる。

どのくらい長く私はそこに佇《たたず》んでいたのだろう。

側に老人が立っていた。先ほどから何度か声をかけていたのかもしれない。私は全く気づかなかった。

「この絵が気に入ったのかな？」

はっと我に返ったとたん、軽いめまいを起こした。老人は私を支えると「少し休んでいったらいい」と言って、画廊の中へ入れてくれた。

店の中は、表から見るよりも広く感じられた。全体がこげ茶色のトーンの中で、オレンジ色のソファがひときわ目を引いた。温かな色合いが灯りを灯すように置かれていた。勧められてそこに腰かけ、辺りを見回した。

適度な空間を保って絵が飾られていた。表の絵と似たようなタッチの絵が目に付いた。同じ画家の作品だろう。

奥から老人がお茶を乗せたトレイを持って現れた。老人を正面から見て驚いた。

—夢の中のお爺さん？

老人は慣れた手つきで、ポットからカップへとお茶を注ぐ。

いや、よく見たら似ていないのかもしれない。自信はなかった。夢の中の人物は時間が経つにつれ輪郭がおぼろ気になってしまう。

老人は、私の動揺に気づかずお茶を勧める。

「さあ、これを飲んで。すっきりすると思う」

カップの中に朱色の透明な液体が浮かんでいた。口に含むと微かな酸味が広がった。

「おいしい。これはなんと言うお茶ですか？」

「ハイビスカスのお茶だ。味もそうだがこの香りと色が気に入っていてね」

穏やかな口調だ。ゆっくりとカップを口へ運ぶ。

「あんた、ここの人ではないね。どこから来たんかねえ？」

「東京です」

「そうか、東京か……」

一瞬、老人の表情が硬くなった。

私は表の絵のことが知りたかった。

「あんなふうに、魂が揺すぶられるような感動を覚えたのは初めてです。あの絵はどなたの作品なんですか？」

「息子が描いたんだよ」

ぽんと吐き出すように老人は答えた。

「いや、アイディアをもらったというのが正確かな。息子の素描を真似て私が描いた」

意外だった。絵からあふれ出る、これでもかこれでもかと迫ってくるようなエネルギッシュなイメージと、老人の穏やかなイメージとは結びつかない。

「ここにあるものは、ほとんど私が若い頃に描いたものだ」

私は立ち上がり、他の絵を鑑賞した。

どれもギラギラと激しく色彩が迫ってくる。絵の中から湧き起こる鼓動、波、リズムが観ている者に伝わってくる。色が炸裂している。華やかで激しい南の島の踊りを連想した。

ひとつだけ、他と雰囲気の異なる絵に私は目を留めた。女が子どもを抱いていた。丸い胸を露わに子どもを抱き締めている。そこには、きらきらと切ないものが漂っていた。女が子どもをあやす子守唄が聞こえて来るようだった。

「この絵、もしかして奥様とお子さんですか？」

老人はカップを手にしたまま、私の横に立った。

「ああ、息子が生まれたときに描いたものだ」

老人は懐かしそうに絵を見上げた。しばらく見つめた後、小さく首を振った。

「もう描くのは辞めたよ。そんな力は残っていない。絵に命を吹き込み過ぎたかな」

老人は静かに笑って、持っていたお茶を飲み干した。

「今は子どもたちに教えている。小学校がこのすぐ裏手にある」

小学校と聞いて、私はぼんやりとした。

—俺の通った小学校は、飲み屋街のど真ん中にあってさ。

なぜだか、拓海の声が聞こえた。

「ガチャン！」

カップが床に落ちて割れていた。側に老人が倒れていた。

「だ、大丈夫ですか？」

老人は苦しそうに胸を押さえていた。私は慌てて人を呼んだ。返事がない。奥をのぞくが誰もいない。老人は苦しそうに喘《あえ》いでいる。カウンターにあった電話を取ると、急いで救急車を呼んだ。

老人はベッドの上で静かに眠っている。心臓発作を起こしたらしいが、命には別状はない。

ひとり暮らしらしく他に連絡のしようがないので、とりあえず老人の意識が戻るまで私は付き添うことにした。

病室の白っぽい灯りと真っ白いベッドが老人を頼りなく小さく見せている。それでも南国生まれらしい彫りの深い顔立ち、真一文字に結ばれた唇に意志の強さが窺われる。

色をなくした部屋の中で、突然あのバラの花の絵が甦る。瞬きをするほどに強烈な、幾重にも重なる濃厚な桃色。かつては情熱的で、今は穏やかな、老人の描くことに捧げてきた人生を思った。

突然、老人の目が開かれた。二、三度瞬きをする。

「気分は、どうですか?」

声をかけると、ゆっくりとこちらへ顔を向けた。虚ろな目が次第にしっかりとしてきた。

「済まない。あんたには迷惑をかけてしまったらしい」

「迷惑だなんてとんでもないです。そんなことより意識が戻ってほっとしました」

「私のために手間を取らせてしまって……。もういいから。大丈夫だ。どうぞお引き取りください」

老人は遠慮がちにそう言った。

「実はしばらく入院しなくてはならないそうです。家族の方に連絡を取った方がいいかと思います」

奥さんと息子さんの絵が頭を掠《かす》めた。しかし老人は困った顔をした。何か事情があるらしい。私は老人が気の毒になった。

「着替えとか必要なものを家から取ってきましょうか？　どうか遠慮しないで何でも言ってください」

老人は少し考えてから口を開いた。

「店のカウンターの引き出しに名刺入れがある。ナカムラリョウコという人に連絡をしてもらえないだろうか。後はその人がやってくれる」

私はすぐに画廊へ戻った。タクシーの中から順ちゃんにメールを送った。急用ができてしばらくは戻れないが、心配しないように、と。

店に着くとすぐにカウンターの中を探した。一段目の引き出しにはそれらしいものは見当たらず、二段目を開けると、小さなプラスチックのケースを見つけた。名刺らしき白いカードが何枚か重ねて入っている。

ナカムラリョウコ……。

呟きながら名刺を探す。

中村涼子。

すぐにそれは見つかった。私はそこにあった番号に電話をかけた。呼び出し音を聞きながら、ふと老人の名前も知らないことに気づいた。相手が電話に出た。私は慌てた。

「もしもし、中村さんのお宅ですか？　涼子さんはご在宅ですか？」

「はい、私です」

落ち着いた声が返ってきた。

「私、石井と申します。実は、玉の子公園の向かいにある画廊のご主人が倒れられて。今病院にいらっしゃるのですが、あなたに連絡するようにと言われまして……」

相手は大変驚いた様子だったが、病院の名前を告げると、すぐに向かいます、と言って電話は切れた。

奥さんではないようだったが、女性の慌てぶりでは親しい間柄のようだ。少し安心して、私はケースを元の場所へ戻そうとした。

—あれ？

何気なく指が触れ、奥に別の箱があるのに気づいた。

それを見て驚いた。

あの菓子箱である。

―なぜこんなところに？

私は衝動的にその箱を取り出した。

それは、だいぶ年月が経っているものだった。地のブルーの色は褪せて、蝶の周りの金色が剥げかかっている。その重みから、中に何か入っているのがわかる。

心臓の鼓動が耳元で激しく鳴った。私の手の中にある箱は、まるで生きもののように無言で語りかける。

私はその声を全身で受け止める。抗うことなくその声に服従する。

手が震えた。

震える手で、ゆっくりと蓋を開けた。

何かが床の上にひらりと落ちた。


病室へ戻ると、ベッドの側にひとりの中年の女性が腰かけていた。私を見るなり立ち上がり会釈した。

「石井さんね？　中村です」

小さな声で囁く。ウエーブのかかった長い髪が揺れた。

老人は眠っていた。

「廊下で話しましょうか」

促されて廊下へ出る。ガラス越しに差し込んだ午後の日が、廊下いっぱいにあふれていた。

「今年はなかなか夏が終わらないわ」

窓辺に手をかけ、涼子さんは目を細めた。目尻に柔らかな皺が浮かんだ。浅黒い素のままの肌が彼女の年齢を曖昧にしていた。

廊下にあった長椅子に並んで腰かけた。正面の大きな窓から、庭に植えた木が見える。建物の三階まで届かんばかりに枝を広げている。

涼子さんは、持っていたバッグからお茶の缶を取り出し、ひとつを私に差し出した。

「冷たいうちにどうぞ」

―ウーロン茶。

戸惑いながら受け取る。缶を開け喉に流し込む。向かいの木が吸い込まれるように視界に広がる。

―夢と似ている……。

涼子さんは一口お茶を含むと、静かに話し出した。

彼女は老人を高さんと呼んだ。同じ画家仲間で、ときどき彼の画廊で個展を開いたりしているそうだ。

「心臓がだいぶ悪いのよ。発作を起こすたびにハラハラしているわ。俺はいつお迎えが来てもいい、覚悟はできているって言っているけれど、本当はそうじゃないの、強がりなのよ。あら、ごめんなさい。べらべら喋っちゃって。あなたには大変お世話になったわ。本当にありがとうございました」

「いいえお世話だなんて、とんでもありません」

「絵がお好きなのね」

「え？」

「表の絵をずっと見ていたんですって？　まるで何かに取りつかれたみたいだったって、高さん、言ってたわ」

涼子さんはいたずらっぽく笑った。頬にうっすらと広がったそばかすが愛らしく映った。

「あの絵は特別です。息子さんの絵を真似たものだとおっしゃっていました」

「うん、ひとり息子がいるの。高さん、子どもが生まれてもほとんど家に寄り付かず、絵を描くためにあっちこっち放浪して、親らしいこと何ひとつしてやれなかったって悔やんでいたわ。奥さんは今から十年以上も前に亡くなったの。それがよくできた奥さんでね。高さんのやりたいようにさせてくれて、スナックを経営しながら女手ひとつで息子を育て上げたの。時折思い出したように帰ってくるダメ亭主を、文句ひとつ言わずいつも迎え入れてくれたそうよ。俺みたいな男は所帯なんて持つべきじゃなかったって言うけれど、今頃そんなことに気づいたってねえ、遅すぎるわよねえ、全く！」

涼子さんは、尖らせた口元をすぐに緩めてほほ笑んだ。ゆっくりと缶を傾ける。

「奥さんの三回忌が済んでしばらくして、高さん、奥さんが手放したスナックを買い戻したの。絵を売ってなけなしのお金を積んでね。改築して今の画廊にしたの。高さんにしてみればせめてもの罪滅ぼしだったのかもしれない。でも息子さんは三回忌以来、ここには帰って来なくなっちゃってね。東京にいたらしいんだけど、今は音信不通よ」

—俺には父親はいない。

拓海は、吐き捨てるようにそう言った。

窓の向こうの木は一枚の絵のように佇む。

—根っこの大事な部分はいつまでも変わることはない。

夢の中のお爺さんの言葉が甦る。

「高さん、奥さんの遺品の中から息子さんの絵を見つけたの。懐かしがっていたわ。小学生のときに描いたもので、さすが俺の息子だって誉めてやったって。後にも先にも息子さんのことを誉めたのは、そのときだけだったらしいわ」

絵を誉めたのは父親だったのだ。

—すげえ嬉しくて、そのときの絵、大事に大事にしまっておいたんだ。

絵を箱にしまう無邪気な少年の姿が目に浮かんだ。

その箱を、ついさっき私は手にしていた。

箱から落ちたものを見つめる。

静まり返った画廊の中で、それは息をひそめて私に触れられるのを待っていた。

拾い上げてそっと開いた。紙面いっぱいにいくつもいくつも花が咲いている。裏に少年の名前が記されている。

—五年三組　黒島拓海
拓海……。

思わず名前を呼んだ。

見つけたわ。あなたの宝物。

私は絵を手にしたままよろよろと表に出た。ふたつの絵を目の前にする。同じ構図。同じ色使い。加えられたものがあるとすれば、父親からの息子への愛。

七年振りの夢、菓子箱。決して偶然なんかじゃなかった。ふたつの絵に出会うために私は導かれてこの島へやって来た。

「あなたには、またどこかで会えるような気がするわ」

タクシーに乗り込んだ私に、涼子さんは小さく手を振った。

運転手にホテルの名前を告げた。ようやく日が傾きかけた街の中を車が走る。ふと、もう一度あの画廊に寄ってみたいと思った。運転手に頼んで公園のある方向へ向かってもらう。

オレンジ色の空を背景に店はひっそりと建っていた。

タクシーを待たせて、私は店の正面に立った。

ショーウインドウの横に小さな看板があるのに気づいた。それを見て私ははっとした。

「画廊ミツコ」

ミツコ。

カタカナで記されたそれは、母親の名前なのだろう。父親は店の名前をそのまま残していた。

少年だった拓海が、朝の光の中で悔しくて睨みつけた母親の名前。今私は、夕日を浴びて優しく映えるそれを見る。温かく切ないものが込み上げて来た。文字がぼやけてしまう。

私は涙を拭いながら、店の写真をカメラに収めた。拓海ら親子のそれぞれの思いと共に。

タクシーに戻りかけたとき、携帯電話が鳴った。順ちゃんからだ。

「……ええ、大丈夫、用は済んだわ。これからホテルに戻るわ」

切りかけて慌てて付け加えた。

「順ちゃん、私この島へ来て本当によかった」

夜へと向かう風がはらりと頬を撫でた。


東京に戻った私は、昔の友人を介して店の写真を拓海のもとへ転送してもらった。

ベランダの鉢いっぱいに開いたビオラの花が春風に揺れる頃、一枚の葉書がオフィスに届いた。それは故郷での、拓海の初の個展を知らせるものであった。

「場所　画廊ミツコ」

その箇所に何度も目が留まった。

私は葉書を新しい菓子箱へしまった。


（了）

寿々ちゃん

「産婆《サンバンカイ》に抱かれ《ダッカル》た寿々《スズ》が、目《ミー》をぱっちりと《パチパチチッシ》開いてわし《ワン》の顔《チラ》を見たんだ《ンチョータン》。そのとき《ウヌトゥチ》ピーン《ワンネー》と来たん《シグワカタン》だよ」

それはもう何度も聞かされた話である。

そう話す爺さんの顔を僕は一生忘れない。まるで下界へ降りてきた天使と出会えたかのように、目は潤み頬は紅潮し口元はほころんで……。

爺さんの名は大城松太郎。九歳のときに芝居の道に入り、二十七歳にして劇団城松座を旗揚げし、以来四十年に亘って座長を務めた。寿々ちゃんは、今度こそ男の子を、という爺さんの切なる思いが天に届かずにして生まれた大城家三番目の娘であり、僕にとっては七つしか違わない〝おばさん〟である。長女が僕の母さんで名は桜、次女は桃子おばさんである。

爺さんはなんとしても後継ぎがほしかった。生まれてきた子がまたしても女の子であることを知った爺さんの落胆振りは相当なものだった。しかし、一目寿々ちゃんを見るなり、爺さんの芸術的な勘やら何やらが直感した。

「女だから《イナグウンヤンクトゥ》芝居ができないってわけじゃねえんだ《ナランディルクトゥーネーン》！　ああ、座長にしたって《ザチョウカイナティン》おかしくない《ヲゥカコーネーン》。めでたい《シタイヒャー》、めでたい《ディカチャン》ぞ！　後継ぎができたぞ《ワンアトゥジュルクアッヌヂキタン》！」

ほんのついさっきまで落ち込んでいた爺さんが、急に大声を出したりカチャーシーを踊り出したりしたものだから、周囲は、あまりのショックに爺さんが、「とうとう気が狂《ふ》れたか」と心配したそうだ。もし万が一、女の子だったら「すみれ」と秘かに決めていた名前も、爺さんの「めでたい《ディカチャン》」の一言で寿々子《すずこ》になったんだと、これは婆さんから聞かされた。


母さんの言葉を借りて言えば、ワンマンな爺さんを、婆さんは髪結いをしながらずっと支えてきたのだった。

ひなびた商店街の一角、電気屋と金物屋に挟まれて「藤美容室」は建っている。美容室の名は婆さんの名前の藤子から取った。店の入り口には花好きな婆さんが丹念に手入れをした花や観葉植物、ハーブの鉢が並ぶ。店の名前にちなんで植えられた藤の花が、満開になると正面の大きなガラス窓にカーテンのように枝垂れかかる。

建物の横にある小さなドアが家の玄関であり、表札の下には小さく「城松座事務所」と記されていた。爺さんたちの住まいは一階の美容室の奥にあって、外階段で上がる二階は城松座の稽古場になっていた。

婆さんはひとりで美容室を切り盛りし、加えて家事、娘たちの世話、座員たちの賄い、また公演中には役者の髪結いや着付けとひとりで何役もこなしてきた。店の客にも座員にも家族にも、疲れた顔や嫌な顔ひとつ見せずに、小さな体をてきぱきと動かし笑顔を絶やさなかった。

両親が共稼ぎだったせいで、僕は小学校に上がるまで爺さんの家で一日のほとんどを過ごした。

幼い頃の僕は、台所に立っている婆さんへ後ろから抱き付いて甘えた。婆さんはおたまや菜箸を手にしたまま笑って僕をたしなめる。婆さんの頭には団子のように結わえたカンプーがちょこんと乗っている。見上げるとカンプーはいつも楽しげにゆらゆらと揺れていた。

居間の中央に置かれた飴色の食卓には、いつ誰が加わってもいいようにチャンプルー、煮物、和え物、おにぎりなどが大皿や大鉢にどっさりと盛られていた。ゴーヤー、シマナー、へちま、人参……。つやつやとした野菜の盛られた婆さんの料理は、見ているだけで元気になれそうだった。

ガチャガチャという食器の音。方言交じりの会話。いつの間にか三線《さんしん》まで持ち込まれている。三線の調べに誰かが口ずさむ民謡が加わる。さらに手拍子が加わる。ガラスのコップになみなみと泡盛がつがれる。

キュ、キュ、キュッ……。

大皿と小鉢、コップとコップのわずかな飴色の隙間に、子どもの僕は人差し指の先をこすりつける。それは、おしゃべりも歌もまだ上手にできない僕の相づちみたいなもの。大人たちに交じりながら、延々と続く夕餉《ゆうげ》を、僕は僕なりに楽しんでいた。

「婆ちゃんの宝物、見るかい?」

あるとき婆さんは、古い箱を大事そうに抱えて僕の横に座った。

「貧乏だったけれど、写真だけはちゃんとしたものを撮ったんだよ」

セピア色に閉じ込められた時間の中に、黒のタキシードを着た二十九歳の爺さんと白いドレスを着た二十歳の婆さんがいる。ふたりの結婚写真だった。

「どうだい、いい男だろう。一目惚れだったんだよ」

うふっと恥じらうように笑うと、婆さんは自分のことよりも爺さんのことを自慢する。

「十七のとき初めて芝居というものを見に行ってね。そこで背がすらりとして男前で声がびんびん通る役者がいて……。芝居の筋なんて全然頭に入らなかった。ただもうその役者

郵便はがき

料金受取人払郵便

新宿局承認

2524

差出有効期間
2025年3月
31日まで
（切手不要）

160-8791

141

東京都新宿区新宿1－10－1
（株）文芸社
愛読者カード係 行

ふりがな お名前			明治 大正 昭和 平成 年生 歳	
ふりがな ご住所	□□□-□□□□			性別 男・女
お電話 番 号	（書籍ご注文の際に必要です）	ご職業		
E-mail				
ご購読雑誌（複数可）			ご購読新聞 新聞	

最近読んでおもしろかった本や今後、とりあげてほしいテーマをお教えください。

ご自分の研究成果や経験、お考え等を出版してみたいというお気持ちはありますか。

ある　ない　内容・テーマ（　　）

現在完成した作品をお持ちですか。

ある　ない　ジャンル・原稿量（　　）

書　名			
お買上 書　店	都道　　市区 府県　　郡	書店名	書店
		ご購入日	年　月　日

本書をどこでお知りになりましたか?
1.書店店頭　2.知人にすすめられて　3.インターネット(サイト名　　　　)
4.DMハガキ　5.広告、記事を見て(新聞、雑誌名　　　　)

上の質問に関連して、ご購入の決め手となったのは?
1.タイトル　2.著者　3.内容　4.カバーデザイン　5.帯
その他ご自由にお書きください。
(　　　　)

本書についてのご意見、ご感想をお聞かせください。
①内容について

②カバー、タイトル、帯について

弊社Webサイトからもご意見、ご感想をお寄せいただけます。

ご協力ありがとうございました。
※お寄せいただいたご意見、ご感想は新聞広告等で匿名にて使わせていただくことがあります。
※お客様の個人情報は、小社からの連絡のみに使用します。社外に提供することは一切ありません。

■書籍のご注文は、お近くの書店または、ブックサービス(0120-29-9625)、セブンネットショッピング(http://7net.omni7.jp/)にお申し込み下さい。

の動きに目が釘付けになってしまってねえ。それが爺さんだったんだよ」

「それからずっと芝居通い。爺さん見たさに給料はたいて通い詰めたのさ」

小さな目をぱちぱちしばたたいて婆さんは頬を染める。

「苦労させるかもしれないが結婚しようって爺さんが言ってくれたとき、もう嬉しくて嬉しくてね、返事よりも先に涙がポロポロこぼれて……。わんわん泣いてしまったさあ。この人のためだったらどんなことでもしよう、苦労なんてなんでもない。そのくらいほれてたねぇ……」

おっかけ三年目にして見事爺さんのハートを射止め、ふたりはめでたくゴールイン。しかし一七八センチのイケメンの爺さんと小柄でぽっちゃりとした十人並みの器量の婆さんとでは、孫の僕がひいき目に見ても釣り合いが取れない。当時ファンクラブもあったほど人気のあった爺さんだ。嫉妬に狂った女たちから婆さんへの攻撃は相当なものだったらしい。

「脅迫めいたことを書いた手紙はしょっちゅう。剃刀《かみそり》が入っていたこともあったさぁ。それから、これは松太郎さんと私の子どもですって、赤ん坊の写真まで送られたこともあったねえ……。まぁこれも爺さんに人気があるってことだし、役者の女房になるってことは、こういうことは付きものだって腹をくくったよ」

婆さんはその、役者の妻としての心得をきちんと守り、我が道を行く爺さんを後ろからしっかりと支えてきた。

母さんが呆れたように言ったものだ。

「辛抱したわよ。よくもあんなワンマンなお父さんに四十年も連れ添ってこられたもんだわ。私ならとっくに逃げ出してるわ」

「私が結婚に対して夢が持てない理由、わかるでしょ」

独身の桃子おばさんはへんな責任転嫁をする。

「芝居は嫌いではないけれど、特に興味もないわ」

それは、ふたりの意見でもっとも一致していることだった。

「芸は身を助ける」

爺さんの方針で、母さんも桃子おばさんもよちよち歩きの頃から舞踊の稽古が始まった。舞踊だけでなく三線や太鼓も習わされた。

でもふたりとも結局、芝居や芸能とは無関係な道へ進んだ。母さんは大学へ進学し高校の教師をしているし、桃子おばさんは服飾の専門学校へ進み、今や「アトリエMOMO」のオーナー兼デザイナーである。

母さんが父さんと出会ったのは、市の主催する文化協会の忘年会の会場だった。爺さんは当時事務局長を務めていた。爺さんの劇団の女の子が急病で、ピンチヒッターとして母さんが受付に立った。その横で同じく受付を担当したのが市役所職員の父さんだった。

「さーっとね、風が吹いた感じだったの」

「今まで感じたことのない風よ。あまりにも気持ち良くって、くらくらするくらい……」

母さんそっくりに口調を真似ながら、桃子おばさんはふたりの馴れ初めを僕に話してくれた。

来場者への丁寧で誠実な父さんの対応は、母さんの目には知的で紳士的な男性として好ましく映った。日頃からすぐに熱くなったり言葉を荒げたりする父親の姿ばかり見てきた母さんにとって、理想の男性として父さんへの恋心が急速に芽生えていった。

「縁が《エンヌ》付くと《チクワ》、明るい《アカサー》か暗い《クラサン》かも見えない《ミーラン》」

爺さんは母さんの結婚に大いに不満だった。芝居にこだわる爺さんは、娘の結婚相手まで役者か演劇関係者を望んでいる、と初めは皆そう勘違いしたらしい。

結婚式の直前まで渋っていたくせに、当日爺さんは、花婿よりも目立つスパンコール入りの派手なタキシードを着て、さっそうと式場に現れたそうだ。

そのときのことを思い出して、桃子おばさんは肩を丸めてくくっと笑った。

「たぶんお父さんはお義兄さんと張り合ってみたかったのね。全く、人騒がせな人よね」

「でもね、結婚式で一番大泣きしたのはお父さんだった……。見栄っ張りのお父さんがよくもまあ、あれだけ大勢の人の前でおいおい泣けたわよ」

なんやかんやと直前まで文句の言い通しだったのは、望んだ相手じゃなかったからではなく、単純に娘を手放したくなかったからだった。それを悟られるのが嫌で、役者じゃないとか芝居の「し」の字も知らないくせにとか、無茶苦茶言ってカモフラージュしていただけだったのだ。

「ほんと素直じゃないんだから。あのとき私の式のぶんまで泣いてしまったから……。だからよ……私がお嫁に行けないのは、お父さんのせいなんだから……」

憎まれ口を叩きながら、桃子おばさんはそっと目頭を押さえた。どうやら三人の娘たちの中で一番爺さんに似ているのは桃子おばさんらしい。

劇団の公演前になると、桃子おばさんは頻繁に稽古場に顔を出す。おばさんが腕組みをして、役者の演技を凝視していたのには理由があった。

役柄や演技、役者の体つきや身のこなしなど、おばさんは逐一メモを取る。王族の豪華な衣装から遊女の腰に巻く柔らかな布まで、素材選びからデザイン、制作まで一手に引き受けるのだ。

おばさんは小さい頃から裁縫が得意だった。家庭科の授業で習う以前に針と糸を持って、お弁当袋や上履き入れをこさえたり、Tシャツに好きなキャラのアップリケを縫い付けたりしていた。そんなおばさんが劇団の衣装制作に関わるようになるまでそう時間はかからなかった。高校生の頃には助手どころか衣装制作担当として、劇団にとってなくてはならない存在になっていた。

寿々ちゃんの初舞台は二歳だった。主役の旅人は爺さんで、寿々ちゃんは旅人が途中で出会うみなしごの役だった。

泣いて突っ立っているだけの演技だったが、泣くことは寿々ちゃんにとって一番難しいことだった。めったなことでは泣かない子だったのだ。

練習中から寿々ちゃんは爺さんをてこずらせた。叱っても脅かしても泣くどころかますます依怙地《いこじ》になって口を真一文字にするばかり。思い余って副座長の徳さんが、泣かずに立っているだけに変更しようと言い出したが、爺さんは頑として聞き入れなかった。

「台本通り《ダイホンヌグトゥ》にやることは《シバイスシェー》役者にとって基本だ《ヤクシャトゥシマムラントーナラン》。年端《ワラビ》も行かない《ヤクトゥンチ》からって我が儘は《ジママシェー》許されない《ナランドー》」

寿々ちゃんは泣かないまま爺さんは渋い顔のまま、とうとう本番の日を迎えた。ところが寿々ちゃん、本番ではびぇーびぇーと泣いてみせた。

実はそれにはわけがあった。爺さんには内緒にしてねと、これは婆さんから聞いた話だが、客席の一番前に座っていたおじさんの顔が、毎晩読んでもらっていた絵本に出てくるランプの精の恐ろしい顔にそっくりで、その顔を見たとたん、寿々ちゃんはびっくりして泣き出してしまったのだ。

そんなこととはつゆ知らない爺さんは、本番に強いとはさすが我が娘、城松座の跡取りだけあるとかなんとか言って、公演終了後の酒の席で寿々ちゃんを抱き抱えて踊りまくったそうだ。そうされながら当の寿々ちゃんは爺さんの腕の中ですやすや……。すると爺さんは、これは大物になるわいとますますご満悦だったそうだ。

公演前になると爺さんの家は人の出入りが激しくなる。だらだらと続きがちだった夕食も大人たちはさっさと掻き込み、次々に外階段から稽古場へ上がっていく。

僕もこっそり二階へ上がって稽古場をのぞいた。昼間の静けさとは打って変わって、そこは立ち稽古やら台詞の唱えやら、三線や踊りの練習で活気づいている。

爺さんの姿はすぐに目に付いた。腕組みをして仁王立ちになり、いつもの爺さんとは別人のようだった。座長として役者として真剣に芸に取り組む姿があった。

背筋をぴしっとまっすぐに伸ばしお腹の底から声を出す。相手を見据えたときのキラリと光る目。爺さんには何かがのり移っている。そう思えるくらい凄みがあり、幼い僕はそんな爺さんを心底かっこいいと思った。

寿々ちゃんも大人に交じって稽古に励んでいた。寿々ちゃんにとって爺さんは稽古場では師匠だった。間違えると怒鳴られたり手が出たりする。一番厳しかったのは踊りだ。気持ちが入っていないと怒鳴られ足をぴしゃりと叩かれた。

爺さんは容赦しなかった。それでも寿々ちゃんは決して弱音を吐かず、爺さんの厳しい指導についていった。泣くときはこっそりと泣いた。涙が頬を伝うとすぐに拭った。僕ははらはらしながら寿々ちゃんを見守った。

稽古が休みの日、誰もいないがらんとした稽古場で、爺さんは三線を弾いて唄を口ずさむ。そうしているときは役者でも座長でもない、僕の大好きな爺さんだ。

今でも覚えている。

僕が四つか五つの頃。夏の日の夕暮れ。僕は爺さんの足元に寝転んで三線の音を聞いていた。ひんやりとした床から三線の調べがトクトクと全身に伝わる。僕の中の何かが、三線を弾く爺さんと繋がり、三線の音と一緒になって心地よくリズムを刻んでいる。

あまりにも気持ち良くて僕はそのまま眠りについた。

「悠太の爺さん、芝居シー（役者）なんだってな」

五年生のときだ。帰りの会が終わってクラスの剛と光司がニヤニヤして寄ってきた。爺さんのことを言われるのは慣れっこになっていた。たまに、すごいとか言ってくれるやつもいたけれど、だいたいが言うことは決まっていた。

「でも、テレビに全然出ないじゃん！」

光司が意地悪そうにあごを突き出す。

そら来た。そう言うと思った。予感的中。溜息が出るほど嫌になる。

芝居とテレビは全然別個のものなんだよ。出なくて当たり前なんだよ。

喉元まで出かかっている言葉を僕はゴクリと飲み込む。言ったって仕方がない。こいつらは芝居のこと何もわかっちゃいないんだから。

僕はふたりのことを無視した。けれどふたりはしつこかった。

「志村けんみたいなへんな化粧して、キンキラキンの着物を着てるんだろ？」

「やーい、バカ殿、バカ殿」

ふたりはふざけてはやし立てた。

ちがう、爺さんは……。

僕は悔しかった。芝居をしている爺さんがどんなにカッコいいか、そのことを自信を持って言えない自分自身が情けなかった。

僕はこのことを周囲の大人たちの誰にも言わなかった。そんなことよりも大変なことが起きていた。それは寿々ちゃんの進学問題だった。

高校卒業後は県立の芸大に進学して舞踊を専攻することが、爺さんの決めた寿々ちゃんの道だった。寿々ちゃんもそれを当然のことのように目指していた。ところが、気紛れで入った放課後のクラブで寿々ちゃんは絵を描く楽しさを発見した。

「私、本当に自分がやりたいことを見つけたの！　もっと絵の勉強がしたい！」

誰が何と言っても寿々ちゃんの決心は変わらなかった。こっそり受けた東京の美術大学に見事合格した。言い出したら聞かない寿々ちゃんの頑固さは爺さん譲りだと、婆さんは溜息を吐いた。

寿々ちゃんが爺さんに逆らったのは初めてのことだった。爺さんの怒りは爆発した。

「親の言うこと《ウヤノイイシ》が聞けないやつは《チカンムノー》東京でもどこでも行って《トウキョウヤティンマーヤティーンイケー》しまえ！」

寿々ちゃんが東京へ発つ日。

日曜日なのに早起きして爺さんの家へ向かった。お出かけ用の紫色のワンピースを着た婆さんが笑って迎えてくれた。

寿々ちゃんはまだ部屋にいた。僕はそっと部屋をのぞいてみた。

寿々ちゃんは机に向かっていた。その顔は僕の位置からは見えなかったけれど一生懸命何かを書いていた。

「寿々、もう出発するわよ」

玄関から母さんの大きな声が聞こえて来た。

寿々ちゃんは書いていたものを小さくたたんで封筒にしまった。立ち上がって僕を見るとぎこちなく笑った。そして封筒を僕の前に差し出した。

「後でおじいちゃんに渡してくれる？」

時間が来ても姿を見せない爺さんを残して、僕たちは空港へ向かった。

僕の横には婆さん、その横に寿々ちゃんが座った。前の席では母さんが、運転中の父さんに一方的に話しかけている。婆さんも寿々ちゃんもずっと黙ったままだった。そっと横目で寿々ちゃんを見ると、窓の外の景色をただぼんやりと眺めている。

僕はズボンのポケットに手をすべらせた。さっき寿々ちゃんから預かった手紙が入っている。手紙の中味がどんなものか想像もつかなかったが、何か重大な任務を任されたようで僕はドキドキしていた。ポケットの中の手はいつしかじっとりと汗ばんでいた。

「父さんのこと気にしなくていいのよ」

「何かあったらすぐに電話しなさい」

皆が次々に寿々ちゃんに言葉をかけた。

寿々ちゃんは大きく頷くと、くるりと背中を向けて搭乗口へ向かった。その後ろ姿が小さくなりやがて見えなくなるまで、僕たちは見送った。

寿々ちゃんは一度も後ろを振り返らなかった。たぶん寿々ちゃんは泣いていた。


いつからそのことを疎ましく思うようになったのだろう。大人たちの集う賑やかな食卓も、方言交じりの会話も芝居も踊りも、そして三線も……。

寿々ちゃんが東京へ行って一年が過ぎた。僕は中学生になった。バスケットボール部に入部した。そして幼稚園のときから爺さんに教えてもらっていた三線をやめた。

「どうして？」

「何か問題でもあるの？」

母さんも婆さんも桃子おばさんも、普段は僕のことにあまり口を挟まない父さんまでも大反対だった。

「やめるのならちゃんと自分の口から言いなさい」

母さんに引っ張られ、爺さんのいる稽古場へ連れて行かれた。

爺さんの前で母さんに理由を問い詰められ、思わず僕は叫んだ。

「三線なんてもうダサイんだよ！」

ふいに爺さんの手が僕の頭へと伸びた。ゲンコツを食らうのかと思って僕は体を硬くした。痛みの代わりに頭の上にはふわりと柔らかな感触があった。爺さんは静かに手を置いただけだった。その手は大きくてごつごつしていて温かくて、僕はほんの少しだけ後悔した。

爺さんの目がじっと僕に注がれている。僕はうな垂れて唇を噛んだ。

やがて爺さんは背中を向けて行ってしまった。

同級生に言われたことがきっかけになったわけではない。今でも目に浮かぶ。剛と光司のニヤニヤとした顔。あいつらの言ったことなんて関係ない。

けれどあれ以来少しずつだ。砂時計の砂がわずかな隙間からこぼれ落ちるように、僕は昔から馴染んで来た空気を次第に疎ましく感じるようになった。

何だろう。自分でもわけがわからないもやもやとしたものが心の奥でくすぶっている。

そんな僕とは対照的に、お盆やお正月に東京から帰って来る寿々ちゃんはどんどんきれいになっていった。腰の辺りまであったストレートな黒髪は、肩の辺りでカットされ柔らかな色の巻き毛に変わった。

「年頃だもの。恋をしているのよ」

母さんは自分のことのようにウキウキしている。

「籠の鳥は今や自由を満喫したり」

桃子おばさんも何やらわけのわからないことを言っておどけた。

僕は寿々ちゃんが眩しくて仕方なかった。寿々ちゃんの周りからは都会の洗練された自由な空気が漂っていた。軽やかにジャンプすればふわりと空に舞い上がってしまいそうだ。僕はひとり取り残されてしまったような気がした。

あの手紙は空港から帰ってすぐに爺さんに渡した。爺さんは黙って受け取った。渡したとたん、気持ちがすうっと軽くなったのを覚えている。

手紙には何て書いてあったのだろう。

あれから爺さんは、寿々ちゃんが帰ってきても顔を合わそうとしないし口もきかない。以前にも増して黙々と芝居に打ち込んでいる。

稽古場からは夜遅くまで灯りが漏れた。

「無理して体を壊さなきゃいいけど……」

婆さんも母さんも桃子おばさんも心配した。

実はその頃、爺さんは寿々ちゃんどころではなかったのだ。

芝居の隆盛期は一九三〇年代だと言われている。唯一の娯楽として繁栄した芝居も、戦争を経て大和化の波にのまれ、時代遅れだとか古くさいだとか、人々からそっぽを向かれるようになっていた。

爺さんが城松座を旗揚げした頃はそういう厳しい時代だった。

その後、テレビや映画の影響もあり人々の心はますます芝居から遠ざかって行った。また日常語としての方言が廃れるにつれ、台詞が全て方言である芝居は、表現方法としても行き詰まりを見せた。

けれど、爺さんはそんな苦難をものともせず、「アチラシ・ケーサー」（同じ物の繰り返し）という芝居への批判に真っ向から挑んでいた。新しい時代の感性を盛り込んだ新作の芝居を次々に生み出し上演を重ねて行った。

そんな中、爺さんに東京で行われる地域劇団演劇祭への参加の声がかかった。芝居が東京で認められれば、息絶え絶えの今の芝居に新しい命を吹き込むことになる。城松座の演劇祭での成功をかけて、爺さんは準備や座員の指導に奮闘していたのだ。

僕はと言えば、バスケットに夢中だった。毎日部活に明け暮れ、爺さんの家にもめったなことでは寄らなくなった。

中三になると高校進学のために、部活の後に塾へも通い始めた。

午後九時半過ぎ。塾からの帰り道。爺さんの家の近所を通る。この道は昔、爺さんや婆さんとよく歩いた道だ。住宅街の一角にぽつりぽつりと店が並んでいる。

酒屋の前に積まれたビール箱の上に野良猫が一匹丸くなっていた。僕が近づくと、ひょいと飛び降りてどこかへ消えてしまった。

昔、この辺りには野良猫のボスがよく出没した。でかい体と比例して神経も図太い。足をトンと鳴らして威嚇してもちっとも動じない。逆に両目をランランと光らせてこっちをにらみつける。今にも襲いかかってきそうな凄みがあった。

爺さんと歩いていたときのことだ。ボス猫と出くわした。ふんぞり返っていつものように挑戦的に目を光らせる。僕は爺さんの陰に隠れた。すると何を思ったか爺さんは身を乗り出しボス猫をにらみ返した。その顔を見てぎょっとした。悪党をやっつけるときの迫力のある形相。舞台の役者の顔そのものだったのだ。

圧倒されたボス猫は尻尾を巻いて退散した。

「気の強い猫だねえ《チューバーヌマヤーヤッサア》」

爺さんは敵ながらボス猫の肝っ玉の太さに感心していたが、僕は猫相手に役者になり切る爺さんの凄さに驚嘆していた。

爺さんの家が見えた。

二階の稽古場から灯りが漏れ、微かだが三線の音が聞こえる。

ついこの間まで僕はあの柔らかな空間にいたのだ。爺さんがいて婆さんがいて寿々ちゃんがいた。寿々ちゃんは今、異国の空の下だ。東京よりもずっとずっと遠いところ。

「寿々ったらもう何を考えているんだか、理解できない」

「まるで糸の切れた凧ね」

桃子おばさんは眉を吊り上げ、母さんは溜息を漏らす。

「高い所や広い所へ行って初めて、人は自分の身の丈というものを知るんだよ」

婆さんはあくまでも寿々ちゃんの味方のようだ。

あと半年で美大を卒業というときになって突然、寿々ちゃんはパリへ行ってしまったのだ。


「こっち、こっちだよ」

小柄な婆さんが背伸びして手を振っている。先に着いた桃子おばさんと席を取ってくれている。

母さん、父さん、僕の順に通路から入って来たのに、なぜか僕は婆さんの横に座らされた。

「ずいぶん見ないうちに背が伸びたねえ。そのうち爺さんを越してしまうねえ」

婆さんは上機嫌だ。頭の上のカンプーが楽しげに揺れている。

爺さんが今までの芝居への功績が認められ、文化庁から地域文化功労賞という大きな賞をいただいたのだ。受賞を記念し、県立劇場で三日間に亘って特別公演が開かれた。今日はその最終日なのだ。

芝居を見るのは久しぶりのことだった。

舞台の上の爺さんの演技は笑いも取れば涙も誘う。人の心の奥底を表情ひとつで演じ切る。それは背後に流れる三線の調べと相まって、観ている者の心に深く鮮明に訴えかける。僕は爺さんの動きや表情、台詞や唄に釘付けになった。幼い頃から見てきた稽古場での爺さんの姿といつしか重なる。

爺さん……。

ずっと会いたかったのに会えなかった人にやっと会えたような、そんな懐かしさが込み上げてきた。僕の会いたかった人は、舞台に立つ役者の大城松太郎だ。今まで僕の中でももやもやと燻《くすぶ》っていた何かが、ほろほろと溶けていくのを感じた。

公演の最後に大きな拍手で迎えられた爺さんが、舞台衣装のまま登場してきた。たくさんの花束を贈られ、照れながらも満足そうな笑顔を浮かべている。精一杯拍手を送りながら、僕は爺さんがよく口にしていた言葉を思い出していた。

——舞台で夢を売るのが役者。《ブテンーチウマンチュガイイオモイシミシェールグトゥチミーシガヤクシャドゥヤル》だから《ヤクトゥワンネー》役者に命をかけたんだ。《イチミトゥトゥーミヤクシャソーサ》

一年間に地球上で六千万人の人が亡くなるという。六千万なんて想像のつかない数字だ。でもそんな膨大な数字より、「一」という数字がどれほど重いものであるのかを改めて思い知らされた。たった「一」という数字に胸を潰《つぶ》される……それくらい重い……。

爺さんが亡くなった。

舞台の上で花束を抱いて観客に手を振る姿が、僕たちが最後に見た爺さんの元気な姿だった。

舞台を降りて後、急に胸を押さえて倒れ込みそのまま病院に搬送された。そして意識が戻らないまま息を引き取った。心筋梗塞だった。

婆さんは爺さんの側から片時も離れようとしなかった。母さんも桃子おばさんも泣くばかりで、パリにいる寿々ちゃんへは父さんが連絡をとった。

ようやく寿々ちゃんがパリから戻れたのは、爺さんの骨を納めた後だった。

連絡が入って、父さんとふたりで火葬場から家へ寿々ちゃんを迎えに行った。爺さんの家の狭い玄関に、真っ赤なサムソナイトが捨てられたように転がっていた。

祭壇には爺さんの大きな写真がある。自信たっぷりに笑みを浮かべている役者の顔だ。一番男前に見える写真をと、婆さんが念入りに選んだ。

参列する人たちは後を絶たなかった。ほとんどが役者や演劇関係の人ばかりだ。皆、静かに手を合わせ爺さんとの別れを惜しむ。

焼香を終えた人々の視線が、僕の向かいに座る寿々ちゃんに向けられる。寿々ちゃんは爺さんの遺骨が納まった白い箱を抱いたまま、席に着いていた。どうしてもそれを離そうとしない。婆さんや母さんがどんなになだめても聞き入れなかった。

寿々ちゃんはまるで人形のようだった。泣くわけでもなく、話しかけても何も答えない。目は虚ろなまま遺骨をしっかりと抱いていた。

その晩、僕と母さんは爺さんの家に泊まった。

僕は眠れなかった。暗闇の中で何度も瞬きをした。十五回目の寝返りを打ったとき、諦めてトイレに立った。

廊下の突き当たりの部屋から灯りが漏れていた。その部屋には一度だって入ったことがなかった。いわゆる開かずの間だ。

がらくたばかり置いてある倉庫みたいなもんさ。

さもつまらないところだと言わんばかりに、爺さんはその部屋のことを取り合おうとしなかった。

戸をそっと押してみた。

母さん？

天井からつり下がった裸電球からオレンジ色の光があふれていた。その光に包まれるようにして母さんが立っていた。

手にした本から顔を上げ、僕を見るとにっこりと笑った。

「ここは？」

「どうぞ、おじいちゃんの秘密の部屋よ」

乾いた紙とインクの匂いが鼻先をかすめた。

小さな部屋の壁には、天井までの高さの書棚がいくつも並ぶ。その中にはびっしりと本が詰まっている。

上から下へ、右から左へと、背表紙の上をなぞるように視線を這わせる。分厚い文学全集がずらりと並んでいる。日本のものだけでなく外国作品もある。源氏物語や平家物語などの古典、石川啄木や室生犀星の俳句、菊池寛の小説、木下順二の戯曲、シェークスピアの『ハムレット』や『オセロ』、モーパッサンの『女の一生』……。ああ、もう切りがない。

古今東西のあらゆるジャンルの書物に僕は圧倒された。四方を本の山にぐるりと取り囲まれ呆然とした。

そんな僕を母さんは面白そうに眺めている。

「どう、これ全部おじいちゃんの本よ」

母さんは自分のことのように自慢気だ。

「中学生くらいからかな。この部屋にこっそり忍び込んで、片っ端から本を読みあさっていたわ」

「私が本を好きになって国語の教師になったのも、この部屋のおかげよ」

母さんの言葉は歌のフレーズか何かのように軽やかに僕の耳に届いた。手にしていた本を書棚に戻すと、人差し指を立て、書棚の端から端へ背表紙の上をつつっと滑らせる。何だか楽しそうだ。

でも、信じられない。爺さんと本なんて、どう考えたって結びつかないよ……。

僕はこの部屋で本に埋もれている爺さんを想像してみた。鉛筆をなめなめ懸命に机に向かっている爺さん……。

爺さんが役者見習として九歳で芝居の世界へ足を踏み入れたのも、貧乏子沢山《びんぼうこだくさん》の家に生まれ口減らしのためだったと聞いている。家が貧しかったため、ろくに小学校にも行けなかったそうだ。だから学問よりも何よりも芝居と舞踊と三線。爺さんはそれだけで生きてきたのだと勝手に思い込んでいた。

「稽古のない日はいつもここに籠もっていたわ」

懐かしそうに母さんは続けた。

「ここにある本を読んで猛勉強して、そうやっておじいちゃんは芝居の脚本を書いていったのよ」

今の言葉は歌のフレーズなんかじゃない。ずっしりと重く僕の心に響いた。最後は声を詰まらせていた。

僕は何も言えなかった。

母さんのむせび泣く声を、本たちは優しく吸い取ってくれているようだった。


初七日が終わっても、寿々ちゃんは誰とも口をきこうとしなかった。

「かわいそうに。お父さんが死んだのは自分のせいだとすっかり思い込んでしまっている」

婆さんも母さんも桃子おばさんも、かける言葉も見つからずただ見守るしかなかった。

白く細い手足を抱き締めるようにして窓辺にしゃがみ込んでいる。

寿々ちゃんの中で何かが壊れてしまった。そのことを感じながら、誰もどうすることもできなかった。

ぼんやりとした視線。

その目に映るものは何だろう。

夜中に強い風が吹いたのだろうか。色の抜けたブーゲンビリアの花びらが庭のあちこちにこぼれている。いったん空へと舞い上がりはかなく落ちていくその様が、なんとなく瞼に浮かんだ。

爺さんの四十九日が過ぎても、寿々ちゃんはずっと心に黒い服を着たままだった。


婆さんの美容室の藤棚が満開になった。薄紫のカーテンがやさしく風に揺れる。

僕は高校二年生に進級した。婆さんは美容室を開けるようになり、また以前のように客の相手で忙しくなった。母さんは隣町の高校へ転勤になり、目覚ましを二個も買った。桃子おばさんは、新しくできたショッピングセンターの中に支店を出した。父さんは係長から課長に昇進し帰宅が遅くなった。

城松座は解散した。副座長の徳さんも他の座員さんたちもそれぞれ余所の劇団へ移って行った。稽古場は主をなくし、そこだけ時間が止まっているようだった。

寿々ちゃんの心に、春が訪れるのはまだまだ先になるのだろうか。

土曜日の晩、久しぶりに婆さんが訪ねてきた。昼過ぎから下ごしらえを始めていた料理を、母さんはいそいそとテーブルに運んだ。

「桜がこんなに気前がいいなんて、こりゃ何か下心があるねえ……」

さすが、婆さんの予感は的中していた。

転勤先の学校へ初出勤した日、帰宅した母さんはなんだか様子が変だった。いつもなら玄関からキッチンへ直行するはずが、その日はふらりと居間に入って来て、スーパーの袋を床に下ろすと、ドスンとソファに座り込んだ。テレビでプロ野球の観戦をしていた父さんと僕は何事かとぎょっとした。

「郷土芸能部の顧問になっちゃった」

「郷土芸能部？　何それ」

僕の通う高校にはそんな部活なんてない。

「生徒たちが三線や太鼓や舞踊を学ぶの。指導は地域にいる専門の方たちが手伝ってくれるのだけど……」

自慢にはならないが、母さんは二十年の教師生活の中で一度だって部活の顧問を引き受けたことがない希有な人なのだ。

「前の顧問が転勤になって、他に面倒を見る人がいないからって、教頭先生に泣きつかれちゃって……」

溜息を吐いたまま動こうとしない。よっぽど自信がないのだ。

「大丈夫、なんとかなるさ」「そんなに気に病むことないよ」とかなんとか、ちらちら野球の勝敗を気にしながら、父さんは殊勝にも母さんの相手をしている。スーパーの袋から肉や魚のトレイや牛乳パックが透けて見える。ポツポツと増えていく水滴。僕はよっぽどそっちの方が気になった。

初めは戸惑いながら引き受けた顧問だったが、そこは小さい頃から三線やら舞踊やら爺さんにたたき込まれただけあって、母さんはすぐに勘を取り戻し、三ヶ月も経った今は専門の国語の授業よりも熱を入れているくらいだ。

十月に県立劇場で開かれる総合文化祭に母さんの学校も参加することが決まっていた。ところが運の悪いことに、夏休みから体育館の改修工事が始まり、舞台が使えないどころか、練習する場所も確保しなくてはならなくなった。

そこで母さんは婆さんに泣きついたのだ。

「どうだかねえ……、稽古場を高校生に使わせるって知ったら、お父さんあの世で腰抜かしてしまうねえ……」

意外にも婆さんは渋っている。

期待が外れて母さんの顔が一瞬で曇る。それを見て婆さんはにんまりとする。

「嬉しくて腰を抜かすさあ……。若い子が三線や舞踊に興味を持ってくれるなんて、私も嬉しいさあ……」

ちりちりと記憶の淵から甦るものがある。

情けない顔した中学生の僕。

三線なんてダサイ。

なんであんなことを言っちゃったんだろう……。

あのとき、爺さんは黙って僕を見つめた。爺さんの大きな手。しゃんとした背中。今でもはっきり覚えている。

ダサイのは僕の方だったのに。

でも、今の僕は……。

伝えられないことが悔しい。

「寿々子も一緒に来れたらよかったんだけどね」

婆さんの呟きを僕は聞き逃さなかった。

「最近どう？」

「うん……」

婆さんの口は重い。

「絵は？」

婆さんは力なく首を振る。

「毎日稽古場を掃除しているよ。雑巾がけをして床をピカピカに磨いて……。まるで、お父さんがいつ帰ってきてもいいようにしているみたいでねえ……」


携帯からスターウォーズのダース・ベイダーのテーマ曲が流れ出す。

母さんからだ。

電話に出ると同時に、声が飛び込んできた。

「悠太、今どこ？　実はうちの生徒をひとりバス停へ迎えに行ってほしいの。それから稽古場まで案内してやって」

母さんは一方的にガンガン捲《まく》し立てる。

「うちの制服着ているからすぐわかるわ。あ、名前はノハラアオイ。いい、頼んだわよ」

言うだけ言って電話は切れた。こっちの話をほとんど聞いていない。焦っているときはいつもこんな調子。そう言えば今日からだ。爺さんの稽古場で練習が始まるのは。

しょうがないな……。

僕は仕方なくバス停へ向かった。

バス停には誰もいない。ベンチも空っぽだ。

まだ着いていないようだ。

母さんの学校の制服、確かズボンはグレーだったな。

そんなことを思いながら、僕はイヤホンをつけバンプ・オブ・チキンを聴きながらノハラアオイくんを待った。

遠くにバスの青い屋根が見え始めた。ウインカーを点滅させ近づいてストップした。乗客が降りてきた。何人か高校生はいたがグレーのズボンはいないようだ。窓の向こうの料金箱に並ぶ列の尻尾は女の子だ。

やっぱり次のバスかと諦めたとき、その子が降りてきた。スローモーションのように一段一段ゆっくりと脚を運んでいる。

ようやく両脚が地面に着いたとき、僕はその子と目が合ってしまった。慌てて目をそらす。

「あのう……」

いきなり相手が話しかけてきた。

ノハラアオイくんは、男子生徒ではなく女子生徒だった。正確には野原あおいさん。

女の子なら女の子だとちゃんと言ってほしかった。勝手に男だと勘違いしたあんたが悪いんじゃない。そう言い返されそうだけど。

一緒に歩き出したはずなのに、その子は少しずつ遅れていく。しばらくして僕は後ろを振り返る。距離を縮めようと彼女は小走りになる。

体が傾いて左右に大きく揺れた。

あ、脚が悪いんだ。

追いついた彼女は頬を緩ませて僕を見た。おでこにうっすら汗が浮かんでいる。

歩き始めた僕は今度はゆっくりと脚を運んだ。横目で彼女の位置が確認できるように。

肩が揺れて一瞬だけ、僕の腕に触れた。なぜか少しドキドキした。

「あおい」

母さんは彼女のことを呼び捨てにする。

「あおいはすごいのよ。体が不自由なんてちっとも感じさせない。何にでも興味を持って挑戦して。こっちがはらはらするくらい」

彼女は小さい頃高熱を出したことがもとで、左足にわずかだけど麻痺《まひ》が残った。

「で、三線を弾くの？　それとも太鼓？」

「うーん……」

なぜか母さんは黙ってしまった。

自分で言うのも変だけど、どうして僕がここにいるのかよくわからない。

「おばあちゃんになるべく迷惑かけたくないの。協力してよ」

強引な母さんに押し切られたから。寿々ちゃんの様子が気になるから。爺さんの稽古場が懐かしいから。よくわからないけれど、どれも決定的な理由ではないようだ。

郷土芸能部の部員は二十五名。

音合わせが始まった。三線に太鼓に箏《こと》に笛。様々な音が絡み合う。

僕は無意識に彼女の姿を探していた。

赤い練習着を着た女生徒たちが並んでいる。

まさか踊りじゃないよな。

地謡《ジカタ》がスタンバイした。三線が奏でられ唄が流れる。『若衆こてい節』だ。

練習着を着た女生徒たちが扇子を手に舞い始めた。見ていると、左端で踊っている生徒の動きが微妙に合わない。目を凝らす。彼女だった。はっとするくらい真剣な表情。でも見ていられないほど動きがずれていく。

「あの子、ちょっと厳しいかもねえ」

僕の横にいつの間にか婆さんが立っていた。

その夜、婆さんの家で夕食を取った。久しぶりに桃子おばさんも加わった。

飴色の食卓はひどく懐かしかった。濡れたように光るそこから視線を上げる。向かいに寿々ちゃんの顔があるのも嬉しかった。

相変わらず何もしゃべらないけれど、一緒に食事をしたり話を聞いたりすることはできるようになっていた。

「初めは太鼓を勧めたのだけれど、どうしても琉舞をやりたいってきかないのよ」

母さんは天つゆを小皿に分けながら、彼女のことを話し始めた。

「でもその子、脚が不自由なんでしょ」

桃子おばさんは、受け取った小皿を次々に僕たちに回した。

そうなのよと、母さんは溜息交じりに言うと、今度は煮物を小鉢に取り分ける。

「でもね、ほとんどの踊りを完璧に覚えているの。一生懸命なのよ。舞台で琉舞を踊ることが夢だって。私、どうしても叶えてあげたいの」

熱くなっている母さんの横で、寿々ちゃんは静かに箸を動かしている。

「ひとりで踊らせてみたらどんなかねえ……」

婆さんがぼそっと言った。

皆の視線が婆さんに集中した。

「みんなと合わそうとするからずれるさあ。ひとりならずれること気にしなくてもいいんじゃないかねえ」

「それ、名案かも」

えび天をかじりながら桃子おばさんは目を輝かせた。

「ひとりで踊る、か……」

母さんは箸を握ったまましばし考え込んだ。

その後、食事が進むにつれ話題はどんどん変化した。桃子おばさんの新しい店の話、母さんの失敗談、共通の友人の話。

キュ、キュ、キュッ……。

それは虫の音のように微かだったけれど、僕の耳は敏感にキャッチした。音の主は寿々ちゃん。人差し指を食卓へこすりつけている。

その静かな表情からは何も読み取れない。でも僕は確信する。寿々ちゃんが久しぶりの団欒《だんらん》を楽しんでいることを。

夕食後、明日も仕事だからと桃子おばさんはさっさと帰って行ったが、僕と母さんは久しぶりに婆さんの家に泊まった。

頭の上で鳥の鳴き声がする。一羽どころじゃない数羽、いや数十羽。どんどん増えていく。ピイチクパアチク、ピイチクパアチク……。限りなくボリュウムが上がっていく。

ここはどこだろう。森の中にいるのか？　たまらなくなって跳ね起きる。婆さんの家に泊まっていたことを思い出す。

鳥の声は上から聞こえる。乱暴に窓を開ける。不思議な光景が目の前に飛び込んだ。

二階のベランダの辺り。そこだけ白い光があふれている。いや光じゃない。鳥の群れだ。白い鳥たちが群がっている。

鳥たちが引き寄せられるようにしているその先に、寿々ちゃんの姿があった。片手を前に差し出しすっと立っている。

寝ぼけているのか……。

僕は強く瞬きをした。

夢なんかじゃない。

寿々ちゃんが鳥たちを集めている。ひらひらと掌を返すたびに、それに応えるかのように鳥たちはなびく。

天女と羽衣。

『天川《アマカー》』の踊りがふと浮かんだ。

水浴びをしようと池の淵に降りた天女は、そこで仲良く戯れるつがいの鳥に自分と恋人の姿を重ね、恋の喜びに胸をときめかせる。

それは、寿々ちゃんが十五歳にして古典芸能コンクールの新人賞に輝いた踊りだった。

まだ小学生だった僕は、寿々ちゃんの晴れ舞台だからと言われ、大人たちに交じって県立劇場の客席に渋々座らされた。

艶やかな紅型の衣装、美しく化粧を施された顔。舞台の上で舞う寿々ちゃんを見ているうち、僕は奇妙な感覚に捕らわれた。

ひらひらと手をこねる。その先から白い糸が生まれた。それはふわりと立ち上りスルスルと僕の方へと伸びる。寿々ちゃんのひとつひとつの所作に、僕は呼吸することさえも忘れて見入ってしまった。

心だけが膨れ上がっていく。変にときめく気持ちと、つい最近まで一緒に遊んでいた寿々ちゃんが急に大人になってしまったような寂しさとで、僕は身動きが取れなくなっていた。


あおいちゃん（呼び捨てにする母さん以外は皆そう呼ぶので）の踊りは偶然にも『天川《アマカー》』に決まった。なぜ母さんがその踊りを選んだのかは知らないが、僕は母さんのセンスをちょっと見直した。

あおいちゃんのために毎週土曜日の午後、特別に練習が設けられた。

本番まであと二週間。

たまたまその日、僕は婆さんの家で夕食を取ることになっていた。夕食までに間があったし、あおいちゃんの踊りも気になっていたので、トントンと二階へ上がった。

母さんが三線を弾いて唄っている。

練習着を着たあおいちゃんが調べに乗せて踊っている。水面に波紋が広がるようにゆったりとした所作を繰り返している。

まずまずの調子だ。あおいちゃんの踊りへの思いが曲想といい具合にマッチしている。ところがある箇所で体がわずかに傾いた。そのせいで踊りが沈み、今まで滑らかだった流れがそこで淀んでしまったような感じが残る。

何度やり直しをしても、やはり同じところで体が傾く。

あおいちゃんは悔しそうに唇を噛んで座り込んでしまった。

「もう今日はこれで終わりにしようね」

母さんは三線を弾く手を止め、あおいちゃんに声をかけた。けれどあおいちゃんは強く首を振るばかりだ。

見てられないな……。

そらした視線の先に寿々ちゃんの姿があった。

いつからそこにいたのだろう。

ふと僕は何かを感じた。

「母さん、弾いて、三線を弾いて！」

何言ってるのよ、と一瞬怪訝そうな顔を浮かべたものの、ただならぬ僕の気迫に押され母さんは三線を弾き始めた。

ティン、ティティティン……

寿々ちゃんがすっと前へ進みゆったりと舞い始めた。

三線の調べと寿々ちゃんの踊りとが惹かれ合うようにひとつになっていく。淡々と踊りながら、その思いがじわじわと観る者の心に伝わってくる。

久しぶりに観た寿々ちゃんの『天川《アマカー》』。ガキンチョの僕を魅入らせた完璧な踊り。

踊りながら寿々ちゃんはあおいちゃんの手を取った。

ふたりで『天川《アマカー》』を踊る。あおいちゃんは寿々ちゃんの動きにピタリと付いていく。音に乗る。手をこねる。すっと振り返る。少しも乱れがない。二つの流れは初めからひとつだったかのように自然に溶け合う。

母さんの三線が止まった。

思わず僕は手を叩いた。

「できた！」

あおいちゃんが弾んだ声を上げた。

ところが寿々ちゃんは何かが抜け落ちたように、がくんと膝を折った。

「寿々ちゃん？」

「寿々！」

僕も母さんも駆け寄った。

その大きな瞳からポタポタと涙がこぼれ落ちる。

「……お父さん……」

押し出すように寿々ちゃんの口から声が漏れた。

「聞こえたの……お父さんの声……」

寿々ちゃんは泣きながらゆっくりと話し始めた。

「踊っているとき、ずっとお父さんが側にいたの。……寿々、大丈夫、いつも見守っているからって……」

そう言うと大声を上げて泣き出した。まるで今まで泣くのをずっと我慢していたかのように。塞《せ》き止められていたものが一気にあふれ出すかのように。

一階から婆さんが上がってきた。婆さんは黙って寿々ちゃんの背中を優しく抱いた。

とうとう本番の日がやって来た。

朝から母さんは落ち着かない。水抜きでコーヒーメーカーのスイッチを入れたり、家の鍵が見当たらないと探し回ったり、和服なのに靴を履いて表に出ようとしたり。事故でも起こしたらかなわないと、父さんは、自分で運転すると言ってきかない母さんを無理やり助手席に座らせ、県立劇場へ車を走らせた。

しかし事故は起きてしまった。

「先生、大変です！」

僕たちが県立劇場へ着くや否や、部員の生徒が飛んで来た。

話によると、地謡《ジカタ》の生徒のひとりが突き指をしてしまい三線が弾けないという。その生徒はあおいちゃんが踊る『天川《アマカー》』を弾く予定だった。

「困ったわ。他に『天川《アマカー》』を弾ける生徒はいないし。私が弾くわけにもいかないし……」

母さんは腕組みをして思案に暮れる。

僕は何が何でもあおいちゃんに踊ってほしかった。寿々ちゃんも婆さんと一緒に、あおいちゃんの応援で会場へ来ることになっている。

「僕が弾くよ」

「え?」

母さんは目を丸くする。

「何言ってるのよ。そんなの無理よ。だってあんた、小学校以来もう何年も三線さわってないじゃない」

母さんは知らない。寿々ちゃんの舞台を観た後、爺さんに頼み込んで『天川《アマカー》』を教えてもらっていたことを。そして、もうずいぶんも前から僕がこっそり三線を弾いていることを。

開演三十分前、電話で事情を聞いた桃子おばさんが車を飛ばして駆けつけた。婆さんも寿々ちゃんも一緒だ。

婆さんは大切にしまってあった爺さんの着物と袴を、僕のために用意してくれた。

爺さんの着物に袖を通す。袴のサイズもちょうどいい。

「まあまあ、爺さんの着物がぴったりだねえ。この着物を悠太が着てくれるなんてねえ、爺さんも喜んでいるよ」

婆さんはてきぱきと着付けをしながら、時折僕の顔をのぞき込んでにっこりとほほ笑む。そのたびにカンプーが優しげに揺れる。

着付けが済んだ僕の前に、寿々ちゃんが現れた。大事そうに三線を抱えている。黙ってそれを差し出した。

受け取ってみて気づいた。

これは……。

爺さんがいつも弾いていた三線だった。

寿々ちゃんはきらきらと輝く瞳で僕をまっすぐに見つめた。何も言わなくてもわかっている。

僕は大きく頷いた。

舞台の端にある地謡《ジカタ》の席に着く。

開幕前の清澄な空気に包まれる。とたんに手が震え出した。

考えてみれば、僕の過去にこんな大きな舞台で三線を弾いたことなんて一度もない。今さらだけど、とんでもないことを引き受けてしまったと後悔し始めた。

僕は爺さんの三線をぐっと握り締めた。

そうだ、ここは爺さんが人生最後の舞台を成功させた場所だ。

観客がたったひとりであろうと何百人であろうと、爺さんは自分の芝居を貫き通した。

誰にも恥ずかしくない芝居人生を全うした。そして僕は、その大城松太郎の孫だ。

目を閉じてこの瞬間に意識を集中させた。

再び目を開けると、舞台の袖に立つあおいちゃんと目が合った。紅型の衣装を着て舞台化粧をしている。小さく笑ってVサインを送っている。

緞帳がゆっくりと上がった。

ティン、ティティティン……

三線を奏でる。

音に合わせて、ゆっくりとあおいちゃんが舞い始める。踊りと三線の調べとが次第に呼吸を合わせていく。

踊りと三線。お互いがひとつとなり、美しい響きが生まれる。僕はその響きのみに集中する。目に見えるのはあおいちゃんの可憐な所作だけ。

ふと心に何かが触れるのを感じた。懐かしくて切ない温かなうねり。

あの波だ。

夏の日の夕暮れ。幼い僕と爺さんが繋がり、共に命のリズムを刻んだ、あの波だ。

爺さんの音が甦る。僕の三線の中に爺さんは確かに生きている。

もう二度と爺さんと会えないと思っていた。けれどこんなにも近くに爺さんはいた。

自然と涙が込み上げてきた。

見えないけれど確かにあるものの存在。信じていれば決してそれは裏切らない。僕たちをこれからも強く導いてくれる。

芝居を通して爺さんがたどり着こうとしていた場所は、一体どんな所なのだろう。爺さんのことだから、もうたどり着いているのかもしれないけれど。

三線を弾きながら思った。

僕もいつかそこへ行ってみたい、と。


（了）

ファンネルマーク

退職して良かったことのひとつは、時間を気にせずゆっくりと朝刊を読めること。

貴和子はひとり残ったテーブルの上で、空になったカップや皿を横に、いつまでも新聞を広げている。

まず初めに一面を読む。トップ記事から順に、二番手、三番手の記事へと右上から左下へと読み進めていく。特に一面の下にあるコラムは、毎日楽しみにしている。今話題になっていること、身近なことをテーマとして扱い、担当する記者によっても視点や切り口に違いがあって興味深い。その後、裏へひっくり返してテレビラジオ面にざぁーっと目を通す。そしてようやくテーブルの上で見開きにする。社会面、地域面、教育面、スポーツ面と、左から右へと（本来は逆なのかも）紙面をめくって隅々まで目を通す。文化面を読み始めるところでひと呼吸、コーヒーのおかわりを入れる。

――ん？

オピニオンの面で社説を読み終えた後、その下にあった記事に引きつけられた。

「青い煙突にＲＫＫの赤い文字」

そのタイトルを目にしたとき、なぜかくらっとめまいのようなものを感じた。

それは東京に住む女性からの投稿だった。

「都会に長く住んでいると季節の移ろいに鈍感になるものですが、春の到来には毎年のようにほっとさせられます。老いて寒さに弱くなったせいでしょうか。風の柔らかさ、日差しの暖かさ、植物の芽吹く気配に心が和む一方で、切ない思いにもかられます。春は別れの季節です。進学や就職で故郷を離れ、新天地へと旅立つ若い皆さん。期待と不安で胸がいっぱいのことと思います。そういう皆さんに、私はいつも弟の姿を重ねております。

私の弟は一九六九年三月、那覇港から乗船し神戸港へ向かいました。集団就職でした。飛行機がまだ身近なものではなかった五十年以上も昔のことです。港は大勢の見送る人で混雑していました。乗船した弟は、甲板から私たちに向かって紙テープを投げました。奇跡的に父がそれを受け止め、母に持たせました。大きな客船は数え切れないほどのテープで繋がれていました。

汽笛が二度鳴り船は動き出しました。いよいよ出航です。母の持つテープが揺れます。赤や黄色や紫の紙テープが風に吹雪いて、まるで船を引き留めようとしているようにも見えます。『いってらっしゃい』『元気でね』精一杯張り上げた声が、辺りに響きます。母の持つテープは、無情にもちぎれて風に運ばれてしまいました。青い煙突にＲＫの赤い文字。それが海の彼方へ小さくなって見えなくなるまで、私たちは手を振り続けました。今でも思い出すと胸が熱くなります」

読み終えた後、貴和子はしばらくぼんやりとしたまま紙面を見つめていた。

「おい、どうした？」

夫に声をかけられて我に返った。

「ううん、なんでもない」

そう答えると、引っかかりを振り払うかのように体を動かした。残ったコーヒーを飲み干すと、新聞をしまいカップと皿を重ねてシンクへ運んだ。それでも心は、投稿記事に捕われたままだった。綴られた光景が鮮明に浮かんだのだ。まるで自分の目でそれを見たかのように。

「窓、閉めるけど」

いきなり言われて慌ててうなずく。ジーと機械音がして顔のすぐ横に広がっていた景色が、ガラス面によって閉ざされていく。間をあけず伸びた人指し指が、エアコンのスイッチを押した。別に暑いわけではなく、外の風の方が心地よかったのにと、貴和子はちょっと残念に思う。でも、主導権は運転手にあるのだから、仕方ないかと首をすくめる。

車は貴和子の実家へ向かって走っていた。運転席に座っているのは昨夜帰省した息子だ。息子は大学を卒業後新聞社に就職し、今年の四月から東京支社へ配属となっていたが、友人の結婚式を機に、三日間の休みをもらって帰ってきていた。

自宅から車を走らせて二十分。ようやく馴染みのある風景が車窓を流れ出す。顔も心も自然と緩む。貴和子はこの地域で生まれ育った。短大時代の二年間を除けば、嫁ぐまでずっと住んでいた。周囲の出来事をぐいぐいと吸収できる多感な時期をここで過ごした。だからここでの思い出は、どの場所よりもひときわ濃い。

ここだけ違う風が吹くのよ。

と言ってもきっと息子は取り合ってくれないだろう。ここで育った者にしかわからない。本能的にかぎ分けるのだと貴和子は思う。

無意識に手を握る。かつてここにあった感触を思い出す。

小学生の頃のことだ。

二五セント硬貨を握った手は汗ばんでいた。手のひらを開いたり閉じたりして何度もその感触を確かめる。二五セントは一番大きな硬貨だ。分厚くて銀色できらきらしている。

貴和子はうれしい。ワクワクする。だって、たまにもらう五セントではなく二五セントなのだ。

高校の制服を着たしいちゃんのおでこには汗が光る。半ドンの土曜日の午後、しいちゃんは学校から急いで帰ってきた。たぶんバス停から家まで一足飛びに走ってきたのだろう。しいちゃんと一緒に向かうのは山城食堂だ。

給食のない土曜日のお昼は、しいちゃんとふたりで済ませる。父ちゃんも母ちゃんも店に出ているからだ。いつもは昨日の夕飯の残りか、朝、母ちゃんが急いで作ったチャンプルーだったりする。しいちゃんがそれをコンロで温めてくれる。でもたまに「食堂で食べたらいいさ」って母ちゃんはお金をくれる。

店に着いたのは一時少し前。ちょうど作業着を着た男の人たちが、ドカドカと大きな靴音を響かせて店を出て行くところだ。近くでやっている道路工事の人たち。うちの前の道も、あとひと月もしたらきれいになるよって、父ちゃんが言っていた。コールタールを塗った黒い道になる。

あっと言う間に静かになった店の中で、テレビのすぐ前の席に着いた。うす赤い色をした食卓が、てらてらと光っている。ビニールで覆われた椅子に座ると、汗ばんだ太ももの裏に張り付くようで、少し気持ち悪い。

テレビはお笑い劇場を流している。テレビの人は大きな声で話したり笑ったりしている。ふたりは沖縄そばの小を頼んだ。お釣りの十セントで好きなものが買える。何を買おうか考えるだけでワクワクする。

食堂のおばちゃんが湯気の立ったそばを運んでくる。たまご色のそばの上には、三枚肉とかまぼこと刻んだネギが乗っている。箸《はし》立てから黄色い箸を取る。しいちゃんはそれを使ってすいすいと器用にそばをすする。貴和子にはうまくすすることができない。箸でそばを押し込めるようにして食べる。どんぶりを抱えかつおだしの効いた汁を飲み込む。

顔を上げると、向かいのしいちゃんの箸が止まっている。しいちゃんはテレビに視線を向けている。

「関西弁」

「……？」

貴和子はそばでいっぱいになった口をもごもごとさせる。

「テレビの人が話していることば。大阪とか京都の方言だよ」

そう言うと、箸を置いて右手を頬の下に置いた。

最近のしいちゃんはよく頬杖をつく。そうするとなんだか大人っぽく見える。

「島の方言は本土の人には全然通じないのに、なぜ関西弁はなんとなくわかるんだろう。

不思議だね」

しいちゃんの目はテレビを観ているようで観ていない。

山城食堂はもうない。

学校の帰りに寄った石川文具店、よく買い食いした安次富商店、その他、名前は忘れたけれど本屋、電気店、金物屋……。あの頃は実家の周辺を歩けば、なにがしかの店に行き当たった。今はそのほとんどが姿を消してしまっている。近くにできた大型ショッピングセンターに何もかもひとまとめに取り込まれてしまった。

「知念菓子店に寄ってちょうだい」

唯一残っている老舗の菓子店の名前を口にした。貴和子はそこで、しいちゃんこと志都子の好物だった饅頭《まんじゅう》を買うつもりだ。仏壇に供えようと思う。息子が一緒なのは、遺品整理を手伝ってもらうためだった。今まで延ばし延ばしにしていた。そんなことができる余裕が、これまでの貴和子にはなかった。

志都子は昨年の十一月に亡くなった。風邪をこじらせ肺炎を患い、あっけなく逝ってしまった。高校の国語の教員として定年まで勤め上げた。生涯独身を通し、両親が亡くなった後も実家でひとり暮らしをしていた。

貴和子にとって志都子は、美人で優しい自慢の姉だった。八つも年が離れていたが、幼い頃から貴和子は志都子のあとにくっつき、べったりの甘えんぼうだった。「しいちゃん」「きいちゃん」とお互いを呼び合う仲だった。

実家は小高い丘の上に建っていた。家の前の坂道は、幼い頃の思い出をよみがえらせる。坂の下から家までの道のりを、ふたりはわざと後ろ向きに歩いた。玄関をゴールに一歩一歩脚を後退させ、どちらが先に到着するか競走した。高校生の姉と小学生の妹。体の大きな志都子が勝って当然なのに、よろめきながらも脚をいっぱいに広げて踏ん張る勝ち気な妹のために、志都子はいつも手加減した。

後ろ向きになると遠くに海が見えた。

その日、貴和子の脚は途中で止まってしまった。その暗い表情に志都子も気づいていた。

「どうしたの？」

妹の顔をのぞき込んだ。

「海へ行きたい」

そう言うと、貴和子は遠くに広がる海をじっとにらみつけた。学校で仲良しの友達が、家族で海に遊びに行ったことを自慢していたのだ。貴和子の両親は自営業だった。土曜も日曜も休みなしに店を開けていた。海どころか近くのデパートでさえ連れて行く余裕はなかった。

「きいちゃん、海に行きたいの？」

志都子の目が確かめるように黒く光った。貴和子は黙ってうなずいた。

「いいよ、連れて行ってあげる。いつかふたりで行こう」

きっぱりとそう言うと、志都子はまっすぐに海を見つめた。結局、その約束が守られたのかどうか貴和子は覚えていない。

志都子が亡くなって半年ほど経つと、ようやく止まっていた心と体が動き始めた。家族と外食すること、友達と買い物すること、好きな映画を観に行くこと、車に乗って遠出をすること。これまで気が進まずできなかったことが少しずつできるようになった。なるほど、時が解決してくれるって本当なのだ。貴和子はしみじみと思った。涙もすっかり乾いた。もう大丈夫だ。これからは心乱されることはないのだ、と。

でも、それは束の間のはぐらかしだった。思えば、駆けつけた主治医が、寝ているようにしか見えない志都子の腕を取り、閉じた瞼をこじ開け、脈や瞳孔を確認し「残念ですがご臨終です」という言葉を発したその瞬間に、それは貴和子の中で命を得ていたのだ。貴和子の意識の外側で薄い透明な膜に包まれ、時間をかけて成長して行った。

雨が落ちそうな空模様に慌てて洗濯物を取り込み、窓を閉めて空を見上げたとき。あるいはスーパーで見慣れない調味料を手に取り、ひっくり返して裏にある成分表示を確認したとき。あるいはようやく見つけたタクシーに乗り込み、行き先を告げほっとしたとき。予期せぬ場所、予期せぬ状況、予期せぬ時間帯。それは突発的に起こった。透明な膜は意外にもろいものだった。簡単に亀裂が走り堰《せき》を切ったように中味があふれ出した。貴和子は幼子のように、要求を満たされない駄々っ子のように、その場に座り込み自らの肩を抱く。大海原にひとりぽつんと取り残されたような心細さが、あとからあとからこみ上げてきた。しいちゃんのいない真っ暗な海がどこまでも広がっている。でもそれはほんの数分、いや数秒くらいのことだ。物陰に隠れていた小学生の貴和子がそっと現れる。「だいじょうぶ?」と声をかけられ、震える肩に手が置かれる。そうすると、すうっと、何事もなかったかのように貴和子は立ち上がれるのだった。

毎朝、ベッドを離れ寝室を出ると、貴和子は家の中を歩き回る。窓を開けるためだ。朝の新鮮な空気を部屋の中に取り込むと、同じように眠っていた家も目覚めるような気がする。フローリングの床の上を素足で歩くとその感触は日によって差がある。かさかさと音が立つような感触。あるいはしっとりと張り付くような感触。貴和子はそれを楽しむかのように、素足で軽くステップを踏む。

南の庭に面した掃き出し窓を開け放った。バサッと音がして奥のアカギの木から何かが飛び立った。早起きの夏の空はずいぶん高い所にある。夜の庭をにぎわせていた虫の音はぴたりと止み、その代わりに姿の見えない野鳥の鳴き声が朝の空気を震わせている。ふと、網戸の上の辺りに何かがくっついているのに気がついた。つま先立ちになって凝視する。小さな蛾の死骸だった。色が抜けカラカラに乾きぶらんとつり下がっている。ずいぶん前からあったのかもしれない。梅雨明けの頃には羽虫の死骸がびっしりと網戸に張り付いた。ひとつひとつ取るのが面倒で、夫は掃除機をデッキへ持ち出し、ヘッドをブラシのノズルに換えて死骸をまとめて吸い込んでいた。

「なぜ、虫たちは灯りを求めて集まるのかしら？」

掃除機を片付けている夫へ聞いてみた。

「夜行性の昆虫は、月の明るさを頼りにして、飛ぶ方向や高さのバランスを取っているらしい。部屋の灯りを月の明かりと勘違いして、それを目印にして寄って来てしまったのさ」

月の明かりと部屋の灯りとでは大きな違いだ。

貴和子は、漆黒の闇の中に月明かりを目指して飛翔する虫たちの姿を思い浮かべた。月と虫の関係性はなんともロマンチックだけど、その習性を私たち人間の存在が悲劇へと導いているのでは、と少し気になった。日が沈むと、暗くなった部屋に灯りを点ける。食事をする、テレビを観る、あるいは読書をする。私たちの営みは、ことごとく自然界の生態系を狂わせる迷惑なものなのかもしれない。

明るい方へ明るい方へ。月の光を目印にして飛んだはずが、家々のポッポッ灯る人工的な明るさに惑わされてしまった。網戸の外側で家の灯りを目当てにぐるぐるぐるぐる何度も旋回して、しまいには疲れ果ててそこにしがみつき、そのまま息絶えてしまった。それが、網戸に張り付いた虫たちの哀れな姿なのだ。

明るい方へ明るい方へと向かう習性。人間も同じなのかもしれない。真の明かりならよいけれど、偽りの明かりなら悲劇を生むのかも。

朝食をテーブルへ運ぶと、先に新聞を読んでいた夫が、めがねをつり上げじっと紙面に視線を落としている。何か大事件かと、横からのぞき込むと告別式の案内だった。

「どなたか亡くなったの？」

「役所に勤めていたとき付き合いのあった塗装会社の社長だよ。七十三は、まだ若いけどな……」

そうつぶやくと、手にしたコーヒーをすすった。

「ひとりで一から会社を立ち上げた苦労人だよ。なんでも中学卒業後、集団就職で本土へ渡ったらしい」

集団就職……。

東京の女性の投稿記事が頭をかすめた。

「私ね、なんとなく覚えているの。大勢の人が大きな船に乗っていて、たくさんのテープが投げられて、それが見送る人たちとつながっていて……」

「港に誰かを見送りに行ったのか？」

「わからない。テレビの画面を見て記憶していただけかも」

「俺たちよりひと回り前の世代だよな。中卒も高卒もかなり求人があって、多くの若者が本土へ就職したらしい。友達と連れ立って、半分旅行気分で行った人も多かったらしいけど」

夫は貴和子と同い年だった。

「この社長も友人と一緒だったらしい。パスポートを手にして外国へ行くような感じで浮かれていたって。大阪の左官会社へ勤めたけれど、一年そこらでひとり辞めふたり辞め、結局一緒に行った仲間は全員辞めて島へ帰ったそうだ。社長も三年くらいで辞めて、しばらくは大阪と島を行ったり来たりしていたらしいが、結局ここで会社を立ち上げたそうだ」

一九五七年から島の若者の本土への集団就職が始まった。開始当初はわずか百人ほどだったが、七〇年には一万人を超えるほど急激に増加して行った。ピーク時には、中学卒業者のうち就職者に占める本土就職者の割合は四割前後、高校卒業者においては六割近くを占めたそうだ。本土の大学への進学者も数に入れると、多くの若者が本土へ渡ったことになる。

夫はさらに続ける。

「ただね、興味深いのは、移住して行った若者のほとんどが、数年後には島へUターンしているんだ。本土に定住したのはごくわずかだったらしい」

若者たちのUターンの理由は何だろう。差別？　失望？　島への郷愁？

私だってUターンしたのだ……。

貴和子は高校卒業後、東京の短大へ進学した。

幼い頃から貴和子の中には、大人になったら東京へ行くことが当たり前のこととしてあった。また、貴和子が通う高校ではほとんどの生徒が進学をし、県外進学を希望する半数以上が東京の大学だった。父も母も特に反対しなかったが、志都子は猛反対した。

「しいちゃんは自分の生徒にも同じように反対するの？　希望を持て、夢を持てって教えてるんじゃないの？」

そう反発すると、志都子の表情が変わった。悲しそうな顔をして口を閉ざした。県内の大学を卒業し高校の教員として勤めていた志都子は、ちょうど貴和子と同じ高三の担任だった。

経済的なこともあり、結局短期大学へ進学することで収まった。卒業後は島へ戻って来ること、それが両親の条件だったが、島を出ればこっちのもの、貴和子は卒業後も東京で暮らすつもりだった。

「ねえ、英語しゃべれるの？」

入学したばかりの頃だ。いきなり知らない子に声をかけられた。でもよく見るとその子の顔には見覚えがあった。たぶん同じ学科だ。ひとつの学科で百人ほど在籍していた。付属の高校から上がってきた子だとひと目見てわかった。地方出身の子はほとんどが素顔だったのに対し、下から上がってきた子たちは完璧なメイクを施しおしゃれな服を着こなしていた。彼女たちは数人でグループを作りいつも一緒に行動していた。

「親は何しているの？　基地で働いているの？」

彼女はさらに質問を続けた。

パールピンクの口紅が光り、そこから発せられた言葉は甘くなめらかで、「ねえ、教えて」といった感じで小首を傾げた。ゴールドのフープのイヤリングが耳元でシャランと鳴った。

何て答えたのかは覚えていない。初めて東京の子に声をかけられたことで緊張していたのかもしれない。戸惑いを隠すように曖昧《あいまい》な笑みを浮かべただけかも。

今思えばずいぶん無知な質問だ。でもそのときは深く考えなかった。その他に差別的なことを言われたり、されたりした記憶はなかった。

貴和子は、二年間の東京での生活を振り返る。ひとことで言えば、刺激的で楽しかった。南の果ての小さな島に生まれた少女にとって、東京はあこがれの場所だった。表参道や自由が丘や吉祥寺。島にはないおしゃれで洗練された店や場所をいくつも回った。でもそうやって二年もあれば十分だった。抱いていた「あこがれ」は、ひとかけらも残っていないほど完全に消化された。だから帰ってきたのだ。

そう思っていたのだが……。果たして本当にそれだけだったのだろうか。


貴和子は再び実家を訪れていた。最後まで後回しにしていたのは、志都子の本の処分だった。

床から天井まで壁一面に広がる大きな本棚。棚にはびっしりと本が並んでいる。

まるで図書館。貴和子はそれほど本好きではないが、志都子の部屋の雰囲気は気に入っている。窓の向こうは木漏れ日が差し、ほどよい明るさの中で、背表紙に施された文字が静かに浮かび上がる。

小説を中心に、詩集、歌集、評論などが並んでいる。志都子は無類の読書家だった。どこへ行くにもバッグの中に本を忍ばせていた。わずかな時間を見つけては本を開いていた。本に見入っているその姿を、貴和子はいつでも思い浮かべることができる。

貴和子の視線は背表紙の上を這うようにして進む。そしてある一角で止まってしまう。島に関係する書籍が並んでいる。「戦争」「基地」「復帰」「闘い」などの文字。そこだけがほの暗い。

この部屋で、時折涙する志都子の姿があった。どの本を開いて泣いていたのかはわからない。窓際の椅子に腰かけて、ページをめくるごとにその目は潤み涙が頬を伝う。押し殺しても言葉が漏れる。

貴和子は声をかけられずに突っ立ったままだ。ティッシュの箱をしいちゃんの横へ置く。泣いていたのが、大人になったしいちゃんなのか、大学生のしいちゃんなのか、それとも高校生のしいちゃんなのか……。記憶が曖昧になる。

大学に入り二年次三年次と進むにつれ、しいちゃんの帰宅時間は遅くなった。父親にとがめられると、サークル活動で忙しいと説明していた。

あの日……。

朝から雨が降っていた。貴和子は中学一年生だった。真新しい制服が濡れるのを気にしながら、傘をたたんでバスに乗り込む。雨だれの滴る窓の向こう、道路沿いの家々の門に、掲げられた日の丸が見えた。今日はお祝いの日だという。真新しい国旗はくすんだ雨の朝には不釣り合いだった。

授業が終わると担任の先生から、ホームルームの後は全員さっさと家に帰るようにと言われた。部活動も中止だと。担任は三月に大学を卒業したばかりの若い男の先生だった。違うクラスの友達からはうらやましがられた。大きな目が印象的だった。話をするときその目にじっと見つめられた。貴和子は自ずとうつむきがちになった。貴和子はバレー部に所属していた。入部して一ヶ月ちょっと。偶然にも担任が顧問だった。早く帰れると浮かれている男子もいたけれど、ようやく慣れてきたところなのにと、貴和子は残念な気がした。

傘をさして友達と一緒にバス停へと向かうと、すぐ横を赤い車が通り過ぎた。運転していたのは美術の先生だった。

「先生たち、これから抗議集会へ行くって」

「何それ?」

「よくわからない」

立ち止まる貴和子たちのそばを一台、また一台と、別の先生の車が通り過ぎた。ちらりと担任の顔が見えた。先生は前だけを見てこちらに気づかない。いつもと違う先生の様子。貴和子は唇を噛んだ。空っぽな教室。がらんとした体育館。静まりかえった運動場。いつもと違う学校。まだ昼間なのにうす闇に包まれている。

夕方になっても雨は止まなかった。ますます激しくなった。灰色の空が重たく広がっている。しいちゃんの帰りが気になった。

「これから使うお金だよ」

母ちゃんがテーブルの上に新しいお金を並べている。四種類の硬貨と人の顔が描かれたお札と。どれも学習雑誌の付録みたいと思った。

「あるだけ全部換えてきたんだけど。銀行はとっても混んでいたさ」

貴和子は一円玉を手にする。薄っぺらで軽い。手のひらに乗せて握ってみる。十円玉も百円玉も同じようにしてみる。しっくりこない。どれも感触が違う。五円玉には穴が開いている。やっぱりおもちゃみたいだ。

夕飯の時間が過ぎても、しいちゃんは帰ってこなかった。テレビではニュースが流れている。画面の中をたくさんの人が歩いていた。旗を掲げ横断幕を広げ、歩道をはみ出して歩いている。すぐ横をバスや自動車がのろのろと走っている。雨合羽を着ている人、傘をさしている人。何か叫んでいる。抗議の行進。雨に濡れながら皆が怒っているように見えた。

父ちゃんも母ちゃんもいつもより口数が少ない。ひたすらご飯を口へ運ぶ。うまく飲み込めない。激しい雨の音と共に不安が渦巻く。

夜の十一時過ぎ。仕方なく貴和子はベッドへ入る。部屋はしいちゃんと一緒。二段ベッドの上は貴和子、下がしいちゃんだった。眠れない。貴和子は何度も寝返りを打つ。雨の音に混じっていろいろな音が聞こえてくる。何かがぶつかる音。壊される音。怒鳴り声。叫び声。泣き声。貴和子の胸の鼓動とひとつになってますます大きくなる。

――夢を見る。

雨はいつの間にか止んでいた。代わりに真っ暗な空から小さな紙切れが舞い降りる。雨粒のようにあとからあとから降ってくる。よく見ると母ちゃんがテーブルに広げていた円のお札だ。通りをたくさんの人が歩いている。ぱらぱらと、頭や肩にお札が降りかかる。足元にはもう何枚もお札が落ちている。でも誰も拾おうとしない。お札を踏みつけひたすら歩いている。歩くたびに泥が跳ねる。歩くたびにお札が舞う。水たまりの中に、汚れたお札がたくさん浮かんでいる。

目が覚めた。窓の外は明るい。急いで下をのぞく。タオルケットにくるまりぐっすり寝ているしいちゃんの姿があった。

五十年前のあの日――。本土復帰の日。記憶に刻まれた日。しいちゃんの帰りを不安になって待った日。

式典が執り行われた市民会館の隣の公園では、米軍基地存続に対する抗議の県民総決起大会が開かれた。学生を含め約一万人の県民が結集した。先生もしいちゃんもその中にいた。

狂ったように雨が降った。真っ黒な空からたたきつけるように雨粒が落ちた。雨は県民の怒りの涙だと言われている。

――ちむぐりさ。

ふと、その言葉が浮かんだ。

悲しいとは違う。心が痛い。あなたを想って心が痛い。

泣いていたしいちゃん。本を手に口にしていたのは、その言葉だったのかもしれない。

目の前にあった一冊を無作為に抜き取った。と同時に、ばさっと、何かが落ちた。床の上から拾い上げる。

手紙?……。

ふたつの手紙。どちらも同じ宛名。志都子の筆跡だった。どちらもその上に「あて所に尋ねあたりません」という赤いスタンプがにじんでいる。志都子の出した手紙が戻ってきていたのだ。

川平和久……。

その名前に覚えはなかった。かろうじて読める消印は昭和四十五年となっている。五十年以上も前の古い手紙だった。

川平先輩、その後いかがお過ごしですか。

前にいただいた手紙では少し元気がなかったような気がして気になっています。いつもの私の取り越し苦労ならよいのですが。

今日でようやく入試が終わりました。「自信はどう？」なんて今は聞かないでくださいね。やれるだけのことはやったと思っています。とにかく今は終わってうれしい。これでようやく好きなだけ本を読むことができます。明日は早速、図書館へ行って本をたくさん借りようと思っています。

先輩はどうですか。仕事と勉強の両立は本当に大変だと思います。教員になるという共通の目標に向けて、これからも励まし合って行けたらと思っています。

私は、勉強に疲れたとき嫌なことがあったとき、よく過去へ逃避行していました。

図書委員の仕事を終えて先輩と一緒に下校した日々。私にとって大切な思い出です。「歩いて帰らない？」先輩にそう声をかけられたのが始まりでした。バス停に立つクラスメイトに気づかれないように回り道をしたり、近道だからと雑草におおわれたでこぼこ道を歩いたり。

あれは夏の暑い日でした。テストで早帰りの日。委員会の仕事もなくて解放感から私たちは少し寄り道をしました。公園の裏の石段を何段も上がってようやく浄水場へたどり着きました。服や髪が濡れるのをかまわず水遊びしたこと。陽を受けて水滴がキラキラと宝石のように輝いていたこと。森の中に先輩と私の笑い声だけが響いていたこと。どれも鮮やかに浮かび上がります。先輩はポケットからハンカチを出して私の濡れた髪を拭いてくれましたね。真っ白で大きなハンカチ。帰り道、私はそのハンカチを頭の上に載せてすまして歩きました。花嫁さんのベールみたいだなと思いながら。そして、このまま時が止まってしまえばいいのにと勝手なことを考えていました。ずっと先輩と並んで歩いていたいと。

坂の上からは青い海が見えました。隣に立つ先輩がどんな顔をしているか気になり、ちらりとのぞいてみました。先輩はただ、まっすぐに海だけを見つめていました。とたんに私は幼稚な自分が恥ずかしくなりました。今思えば、その頃から先輩は本土へ行くことを決めていたのでしょう。

先輩の夢がかなうことを私は応援しています。でも仕事と勉強ばかりじゃなくて、たまには息抜きもしてください。せっかく都会へ出たのですから、島にはないものを見たり味わったりして楽しんでください。

お返事待っています。

一月十七日

志都子

川平　和久様

貴和子はふたつ目の手紙も開いた。


前回出した手紙があて先不明で戻ってきました。もしかして職場の寮から引っ越ししたのでしょうか。それで迷ったのですが、思い切って職場あてに手紙を出してしまいました。今度はちゃんと先輩へ届くといいなと思いながら。

実はうれしい知らせがあります。今日合格発表がありました。私、琉球大学教育学部へ合格しました。本当は一番に先輩に知らせたかったです。でもお祝いは、先輩が帰省するときまで取っておきます。そのときを楽しみにしています。

合格発表の日が、一年前先輩が大阪へ発った日と同じだなんてちょっと不思議な気がしています。実は今まで内緒にしていましたが、私はあの日、港へ行きました。先輩の乗った船が出航する日です。ぎりぎりまで迷いましたが、やっぱりどうしても先輩を見送りたいと思ったのです。

港はたくさんの人で混雑していました。船の甲板も大勢の人であふれていました。私は人の波をかき分け前へと進みました。ようやく接岸している船に近づき、必死になって先輩の姿を探しました。もう無理かもしれないとあきらめかけたとき、私の目を引き付けたものがありました。ＲＫＫと赤い文字が書かれた青い煙突。それは、舞台の真ん中へ場違いのように置かれた大道具のようでした。そこにぼんやりと視線を当てたら、その下に立つ先輩の姿を見つけたのです。先輩は背筋を伸ばしまっすぐに顔を上げていました。青い煙突を背に、先輩の真っ白いシャツは私の目にはまばゆいばかりに映りました。私は手を振り思い切って大声で先輩の名前を呼びましたが、先輩は気づかなかったようです。でもそれでも良かったのです。私は、先輩の未来へと旅立つ姿を見ることができたのですから。私まで誇らしい気持ちになりました。先輩の行く手を照らすように、真っ青な海は明るく輝いていました。夢をかなえるために、先輩は光あふれる大海原へとこぎ出したのです。その姿が今も目に焼き付いています。

先輩がずっと語っていた夢。教師になること。将来、島を担う子どもたちのために教育が大切だということ。少し回り道になるけれど、島を出て広い世界を見ることは、子どもたちへ教えるときにきっと役に立つだろうということ。

私はどんなときも先輩を応援しています。先輩ならきっと、夢をかなえられると信じています。

返事は余裕のあるときでかまいません。季節の変わり目です。風邪などひきませんように、しっかり食事を取ってお体をお大事に。

三月六日

志都子

川平　和久様

ふたつの手紙を読み終えた後、波が引いた後のような静かな気持ちでいた。貴和子は思い出していた。志都子に連れられて港へ行ったことを。海には大きな船が浮かんでいた。港へ来たのは初めてだった。今まで見たこともないくらい、海は深い青色をしていた。見とれていると、「きいちゃん」と手を引っ張られた。

たくさんの大人たちの背中で前が見えない。ぎゅうぎゅう押される。もみくちゃにされる。しいちゃんの長い髪を結わえた桃色のゴムが人の間に見え隠れする。つないだ手だけがたより。貴和子は絶対に離してはいけないと思った。しいちゃんの手は固く氷のように冷たい。しいちゃんは誰かを探している。顔は見えないけど手が伝えている。泣きそうになるくらい必死になっている。

ようやく船に近づけた。

「王様の船だ……」

貴和子は船を見上げてつぶやく。船にはたくさんの人が乗っている。皆、はしゃいでいるように見える。大きく手を振り、ぴょんぴょんと跳ねている。船の上の人たちはこれから海の向こうへ行くのだろう。海の向こうにある東京や大阪。貴和子はテレビの中でしか知らない。海面には光のレースが広がる。きらめく波は沖の方へといざなう。白く光る地平線のその先を、貴和子は見てみたいと思った。

次から次へと船からテープが投げられ、大人たちは慌てて拾った。きれいな色のテープが青い空にたくさんの線を描く。風に乗って、びゅんびゅんと音を立てる。船はびっしりと隙間がないほどテープでつながれて、まるで小人たちにつかまった大男のガリバーのよう。

ボー、ボーと突然大きな音がして、貴和子はびっくりして飛び上がった。船が動き出した。しいちゃんは船に向かって大きく手を振る。

船は海の上を滑るようにして沖へ向かう。青い色の煙突が目印のように海に浮かんでいる。大きな船がだんだん小さくなっていく。貴和子は決めた。わたしもいつかあの船に乗って本土へ行く。

しいちゃんは船が見えなくなっても動こうとしなかった。「ねえ……」貴和子はしいちゃんの手を強く引っ張った。すると、いきなりを抱き締められた。しいちゃんは静かに泣いていた。びっくりしたけれど、貴和子はしいちゃんが泣き止むまでじっとしていた。貴和子の目には船の青い煙突がいつまでも残った。

渋谷の街は久しぶりだった。

貴和子は待ち合わせのレストランへ向かって歩いている。歩道橋の上から警察署方面へ視線を向ける。ここから徒歩で十五分。貴和子の通った大学がある。卒業後何度も東京を訪れながらも、貴和子は一度も母校を訪ねたことがない。定期的に送られてくる同窓会誌によると、創立百年の歴史を持つ古びた校舎は、大規模な改装工事により、巨大なガラスの箱のような近代的な建物に変わっているらしい。渋谷の街もそうだけど、母校にももう昔の面影などどこにも残っていないのだろう。

先日、東京に戻った息子から電話があった。

「志都子おばさんを探している人がいる」

「え？」

あまりにも思いがけなくて言葉を失った。

「支社に問い合わせがあったんだ。偶然にも俺がその電話に出て……。なんでもおばさんに渡したいものがあるらしい」

相手は東京に住んでいた。息子が代わって受け取っても良かったのだが、相手の名前を聞いて、貴和子はどうしても会いたいと思い上京したのだった。

貴和子のバッグの中には、志都子の書いたふたつの手紙が入っていた。五十年前にあて先不明で返されたもの。ようやく受け取るべき人へ届けることができるのだ。相手の名前は川平和久。その本人にこれから会えるのだ。

待ち合わせの場所は、ホテルに併設されているカフェレストランだった。

先に店へ入り、白い表紙の詩集をテーブルの上へ置いておく。これが息子を介して伝えられた相手の目印だった。貴和子は黄色のスカーフを身につけることを伝えた。

自動ドアが開き、店内へと足を踏み入れた。一面ガラス張りの大きな窓から日が差し込んでいる。高い天井に加え、観葉植物がバランスよく配置され、気持ちの良い空間が広がっていた。ティータイムのせいか客はまばらだった。

貴和子は辺りを見渡した。

――七十代前半の男性。それとテーブルの上の白い詩集……。

けれどそれらしき人は見当たらない。無意識に首もとのスカーフに手をやる。

「仲嶺貴和子さんですか？」

突然名前を呼ばれた。声のする方を見ると、窓際にいた老婦人が席を立ち軽く会釈をした。テーブルの上に小さな本が見える。

「……川平さん、ですか？」

「はい。わざわざ、遠方よりお越しいただきありがとうございます」

どうぞと、老婦人は貴和子に向かいの席を勧めた。

「あのう、川平和久さんにお会いするつもりで参りましたが……」

戸惑いながら伝えると、老婦人は穏やかにほほえんだ。

「和久は弟です。私は弟の代わりに来ました。浅井敬子と申します」

本人が来ないことを知り、貴和子はがっかりした。はやる気持ちがとたんにしゅんとなった。

頼んだコーヒーが運ばれてくるまで、敬子は少しばかり自分の話をした。郷里を離れ東京に住んで五十年以上にもなること、デパートに勤めていたこと、結婚をして家庭を持ったことなど。

貴和子は、静かに敬子の話に耳を傾けた。控えめでゆっくりとした口調で話す敬子に、次第に好感を抱き始めていた。初めて会った気がしないほど打ち解けていた。なぜだろうと不思議に思った。やがて、その話しぶりが志都子に似ているのだと気づいた。

コーヒーが運ばれてきた。ふたりはそれぞれカップを手に取った。コーヒーを飲みながら、貴和子は窓ガラスの向こうへ視線を移した。先ほど歩いた歩道橋が見える。立ち並ぶ高層ビルを背に足早に移動する都会の人々。

「目印が詩集だなんて、わかりづらかったですよね？」

敬子が先に口を開く。

「え？　ええ……。でもすぐに見つけてくださって良かったです」

目の前の詩集に改めて視線を向ける。表紙の白いカバーはそれほどでもないが、中のページは茶色に変色し、少し見ただけでかなり古いものだとわかる。

「これは……」

敬子の指先が、いとおしそうにその表紙に触れた。

「どこにでもある詩集ですが。私にとってはかけがえのない大切なものなんです」

敬子は再びカップを手にしてコーヒーを飲んだ。そして小さく息をひとつ吐くと、「弟のことを話していいですか」と切り出した。


うちはとても貧しかったのです。父親はとび職でしたが、体が弱かったので休みがちでした。母が一日中ミシンを踏んで、仕立ものをして生計を立てていました。

兄弟は私と和久とその下に妹がひとり。和久は小さい頃から勉強ができる子でした。小学校からずっと成績はオール五。でも親は高校までしかやれないって。高校を卒業した後は、就職して家計を支えてくれって、入学したときから言われていました。高校に入ってからも弟の成績はトップクラスで、高三の担任がわざわざ家まで来て大学進学を勧めたくらいです。でも、妹の部活動のユニフォームも買えないほど、うちにはお金の余裕がなくて……。だから、どうにもなりませんでした。就職するしかないってあきらめたとき、職安から本土で働かないかって、大阪の造船会社の下請け工場を紹介されました。島で働くよりもずっと給料が高くて、寮もあるし食費もかからないから、仕送りして貯金もできるって。それを聞いて弟は決めたようです。そこで働いて、大学の学費を稼ごうと。大阪で働きながらちゃんと勉強もして、二、三年経って学費ができたら島へ戻る。そして大学へ入って教員免許を取って教師になる。いつもは無口な弟が、目をきらきらさせて頬を上気させて語るのです。姉の私が言うのもなんですが、弟はとても辛抱強くて努力家です。必ずや夢をかなえてくれるだろうと思いました。大阪へ行くことに反対だった両親を、私も一緒になって説き伏せました。

卒業式が済んで五日後に、弟は関西行きの船に乗りました。両親も一緒に港まで見送りに行きました。母のお手製の新品のシャツを着て、弟は意気揚々と旅立ちました。

初めのうちはよく手紙が届きました。元気にやっているから心配しないでとか、一緒に就職した仲間と遊園地へ遊びに行ったとか、初めてたこ焼きを食べて今まで食べなかったことをすごく後悔したとか、他愛のないことが書かれていて、本当に元気そうで楽しそうでした。でも月日が経つにつれ、手紙は途絶えがちになりました。島から一緒に就職した仲間が辞めて、そのぶん、仕事が増えて忙しくなったと最後の手紙にあったので、そのせいだろうと大して気にもしませんでした。実は弟が大阪へ行った翌年、私も東京で働くことになりました。先に就職した友人から誘われて池袋のデパートに勤めたのです。しばらくは東京での生活と、仕事に慣れることでいっぱいいっぱいで、弟のことを気にかける余裕はありませんでした。

クリスマスの夜でした。仕事が終わってくたくたになって帰宅したら、アパートの階段のところに誰かがしゃがみ込んでいました。私が近づくとすっと立ち上がったのですが、知らない人だと無視してそばを通り過ぎようとしたら、

「ねえちゃん……」

小さな声でつぶやくように言われ、やっと弟だと気づきました。

あまりにも痩せていて誰だかわからなかったのです。顔を見たとたん、なぜだか涙がこみ上げポロポロとこぼれました。弟も下を向いたまま泣いていました。

その夜は弟を部屋に泊めました。デパートから持ち帰った売れ残りのクリスマスケーキを、ふたりで仲良くいただきました。連絡もせずいきなり訪ねてきて、何かあったのか気になりましたが、ケーキをおいしそうに頬張る弟の顔を見たら、何も聞けませんでした。

翌朝、弟は元気よく大阪へ帰っていきました。でも、弟が東京にいる私を訪ねたのは、これが最初で最後になりました。

それからしばらくして、母から弟が大阪の病院へ入院したと連絡がありました。自分たちは行けないから、ぜひ弟の様子を見に行ってほしいと。私はすぐに休みをもらい、病院へ駆けつけました。

弟は肺結核を患っていました。医師の話では、数ヶ月間安静が必要だと言われました。

弟は青白い顔をしてベッドへ横になっていました。日焼けして真っ黒だったのに別人の

ようでした。布団の上からも痩せて薄っぺらになった体がわかるほどでした。どうしてこんな状態になるまで放っておいたのか、私は弟にも自分自身に対しても、情けなくて腹が立って仕方がありませんでした。弟は私に気づき、弱々しく笑いかけました。私は泣くまいと思いましたが、こらえ切れず泣き崩れてしまいました。


敬子はそっとハンカチで目頭を押さえた。

「この詩集は弟の形見です」

「え?」

貴和子は、返す言葉を失った。

「……結局、弟は療養先の病院で亡くなりました。騙《だま》したみたいでごめんなさい。弟が既に亡くなっていると知ったら、あなたは会ってくださらないかもしれないと思って……」

敬子は頭を深く下げると、傍らに置いたバッグから包みを取り出した。それを開いて貴和子の前へと差し出した。

「お渡ししたかったのは、これです」

手紙だった。封筒の表に志都子の名前が記されている。

偶然にも貴和子のバッグの中にあるものと同じく、それは古い手紙だった。

「この手紙は、弟が亡くなった後、病院に残された荷物の中から見つけました。この詩集もそうです。すぐに手紙を郵送しようと思いました。でも文面を読んで、このままそっとしておいた方が、相手の方のためではないかと考えました。知らせても悲しませるだけだと思いました。それでずっと預かっていました。詩集と一緒に大切に保管していました。けれど歳を取るにつれ、なぜか手紙の存在が気になるようになりました。弟はあなたのお姉さまへ、長い間手紙を出せずにいました。出したかったはずなのにずっと出せずにいたのです。その気持ちを思うと、やはり、この手紙をお姉さまに読んでいただきたいと思うようになりました。でもお名前も住所も変わっているかもしれないし、このまま大切な手紙を投函するのはどうかとためらいました。それで新聞社に相談してみたのです」

貴和子を見つめる敬子の瞳が微かに揺らいだ。

「偶然にも電話を受けてくださったのが、甥御さんに当たる方でご縁を感じました。……でも、既にお姉さまは亡くなられたとお聞きして。もっと早くお渡しすべきだったと、とても後悔しました。そしてもう、手紙を渡すことはあきらめようと思いました。でもそういうときに、同郷の友人から誘われたのです。横浜の博物館でやっている復帰五十周年記念の写真展へ行かないかと。懐かしい写真があるかもしれないからと。一緒に写真展へ出かけたら、あったのです。あの船の写真……。集団就職で弟が乗船した船です。それを見たとき、あのときの光景が鮮明に浮かびました。夢を追いかけていた弟の希望にあふれた姿。それを、どうしても、せめてご家族の方には知っていただきたいと思ったのです」

敬子は手紙の上に静かに視線を落とした。

「実は……私も、お渡ししたいものがあります」

貴和子は志都子のふたつの手紙を、和久の手紙の横へそっと置いた。

「姉の部屋で見つけました。つい最近のことです」

敬子は目を丸くして手紙を見つめた。

「姉がどれほど和久さんのことを慕っていたことか……。代わりに読んでいただけたら、きっと姉も喜ぶと思います」

「まさか……こんなことってあるのかしら」

寄り添うように三つの手紙が並んでいる。確かに奇跡のようなことだと貴和子は思った。相手に届けられなかった手紙が、五十年の時を越えて交換されようとしている。悲しいことに、受け取るはずだったふたりは、それぞれに宛てられた手紙を読むことはかなわない。それでも、私たちが代わってその思いを受け止めること、それがふたりにとってせめてもの慰めになるのだろう。

しいちゃん、お久しぶりです。

僕の返事をずっと待っていたであろう君のことを思うと、今でも心が痛みます。これまで連絡を絶ってしまっていたこと、いくら詫びても足りないくらいだと思っています。会社の寮宛てに出した手紙は、たぶん、あて先不明で送り返されたことでしょう。そのことが、君をどれほど不安な気持ちにしてしまったことか。それを知りながらも、僕は今まで君に何の連絡もしなかった。なんて卑怯なやつだと非難されても仕方がありません。

僕はずいぶん前に会社を辞めました。その後は転々と職を変え、今は大阪にある療養施設に入院しています。心配をかけたくないという思いが強く、今まで連絡せずにいました。いや、心配をかけたくないというのは建前で、今の格好悪い自分を、君に知られたくないというのが本音なのかもしれません。僕はつくづくプライドの高い男です。

大阪で働いて学費を貯め、大学に入って教師になる。これが僕の夢でした。それは思った以上に簡単なことではありませんでした。仕事と勉強を両立させるなんて、今思うと、笑ってしまうくらい甘い考えでした。とにかく早く学費を貯めたい。そのために給料の良い会社へ移ったり、夜も別の仕事をかけ持ちしたりと、寝る間を惜しんで必死になって働きました。でもその結果、体を壊してしまいました。

病気になると、弱い人間は容易《たやす》く心まで病んでしまうものです。情けないことに、僕は自分自身のことを、もう生きている価値がないと思うようになりました。教師になることも君のことももうどうでもいい。いつ死んでもよいとさえ思うようになりました。そういうときです。僕は偶然、一冊の詩集を手にしました。誰かが病室へ置き忘れたものです。表紙を見て、はっとさせられました。それは、よく君が手にし愛読していたものでした。それからの僕は、詩集を開いて過ごすようになりました。そうやって過ごすうちに、死ばかりを見つめていた僕の中に、不思議な感覚が芽生え始めました。詩に描かれた世界。それは決して夢物語ではなく、僕の身近なところにあるのだと気づかされました。

あるとき、僕は病院の庭に立っています。草の上でひとときを過ごします。静かな空間を野鳥のさえずりが転がり、山間を駆けて抜けてきた風が頬を撫でます。湿った土の上には小さな虫たちがうごめいています。日にさらされた僕の体は温もりを取り戻します。目に見えなくてもそこにあるもの、その存在で満たされるのです。

あるとき、病室の窓辺に蝶が訪れます。それはひらひらと舞い、野や山を越え地平線を目指し、僕を海へといざないます。解き放たれた僕の心は故郷の海へと飛び立つのです。そして、君とふたりで過ごした日々へと。

何もかもがまぶしく、光り輝いていた夏の午後。水しぶきを受けて、君の無邪気な笑い声が辺りにこだましています。濡れた髪をハンカチで拭いてやると、君はそれを奪い取り、いたずらっぽく笑って頭の上に載せました。坂道を下りるとき、白いハンカチを頭に載せて歩く君を、僕はどうしようもなく愛しいと思いました。ずっとそんな君を見ていたいと。それなのに君がこちらに顔を向けたとき、僕は悟られまいと慌てて目をそらし、海へと視線を向けました。

あの日のことを思い出すたびに、君への切ない思いと、光あふれる故郷の海がよみがえります。

僕は生きる。生きてみせる。病気に勝って今度こそ夢をかなえてみせる。何年かかっても、僕は必ず教師になります。今はそのことを強く心に念じています。

最後にもうひとつ、君に伝えたいことがあります。

僕は大阪へ渡ったことを決して後悔はしていません。自分自身の足元を、じっくりと見るきっかけをもらったと思っています。

島では「日本人であること」「日本人になること」を強いられ、ここでは「沖縄人」であることを、事あるごとに意識させられました。そんな矛盾の中で、結局、僕たちは同種ではなく、異質であるということを痛感させられました。異質だから歓迎され、異質だから差別される。差別と歓迎は表裏一体というわけです。

僕はそのことを、決して嘆いているわけではありません。それに気づくことにより、だからこそなおさら、自分自身のアイデンティティを大切にしたいと思ったのです。自分は自分であるという自覚を持つこと、自分は何者であるかという認識を持つことです。そのことは僕が教師になったとき、島の子どもたちに教えるとき、大きな財産になると信じています。

君と会える日を楽しみにしています。

四月一日

和久

安田志都子様

追伸　すぐにでも君に会いたい。

夕刻のラッシュアワーが始まり、駅は混雑していた。敬子と別れた貴和子は銀座線乗り場へと向かっていた。息子と夕食の約束をしていた。

駅の中では人の群れが一定方向へ向かって流れていた。ざっくざっくと進んで行く。まるで軍隊みたいだ。そう思ったところで気がついた。四十年前もここに立って、同じことを感じていたのではないか。

強靭な人の波に、抗うようにして歩いていたひとりの若い娘がはじき出された。それを見かけて立ち止まって、貴和子は顔をほころばせた。かつての私がそこにいる。誰に押されようが邪魔されようが、気後れせず自分の目指す方向へしっかりと歩んでほしい。貴和子は見知らぬ娘へエールを贈る。

息子はどうだろう。

息子に思いを馳せる。あと二、三年はここで暮らす予定だ。この大都会で、他に流されず自分は自分だと、胸を張って生きているのだろうか。

バッグの中の携帯電話が震えている。息子からだった。

「どう？　無事に終わった？」

「ええ、会ってよかったわ」

「飯、何か食べたいものがある？」

「そうねえ、フレンチの高級レストランへでも連れてってもらおうかしら」

「勘弁してよ。安月給の息子にたかるなんて」

「冗談よ。あんたがいつも行く店でかまわない」

「ところで、渡したいものって何だったの？」

「うん、……」
「何?」
「五十年越しのラブレターよ」

東京土産を目当てに、娘が孫を連れて遊びに来た。孫は三歳になる男の子だ。いつも何かしら本を携えてやって来る。最近は乗り物の図鑑がお気に入りらしい。前に来たときは飛行機の図鑑を抱えていた。今日は船の図鑑だという。

夫と娘はスーパーへお寿司とビールを買いに出かけた。孫は母親の姿が見えなくなっても動揺することなく、リビングで静かに本を開いている。本当に本が好きな子だ。無心に本に見入っているその背後から、貴和子はそおっとのぞいてみる。

ページいっぱいに客船や貨物船が並んでいる。どれもカラフルに描かれた煙突を載せている。赤や青、緑、黄色、オレンジ。鮮やかな文字やデザインが目を引く。

——ファンネルマーク……。

貴和子はつぶやいた。

孫が振り向く。あどけない顔をこちらへ向ける。貴和子はその柔らかな頬に、頬ずりをするようにしてささやく。

「これ、ファンネルマークって言うのよ」

船の煙突に描かれた船舶会社のマークやデザインのことを、そう呼ぶのだそうだ。夫に教えてもらった。

青い煙突にＲＫＫの赤い文字。

今やくっきりと目の奥に焼き付いている。後で知ったことだが、新聞の投稿記事を書いたのは、他ならぬ敬子だった。

貴和子は孫のそばを離れキッチンに立つ。お吸い物と和え物作りに取りかかった。

「ばあば、ムシ、見てえ」

いつの間にか孫はリビングのデッキへと出ていた。

そう言えば……と思い出した。昨夜網戸に止まっているバッタを見かけたのだった。羽虫はともかくバッタは珍しかった。しかも体長五センチほどの大きなやつだ。もしもそのバッタだとして、今の時間まで動かずにそこにいたとしたら、死にかけているのかもしれない。

急いで孫のそばへ行くと、やはりそのバッタだった。昨夜見かけた場所でじっとしている。

孫の小さな手がバッタへと伸びた。「だめ！」貴和子が声を上げると同時に、バッタは飛び立った。驚いた孫が泣き出した。

空へと飛び立ったバッタは、青い空の彼方へ、吸い込まれるようにして見えなくなった。

貴和子は孫を抱きながら空を見上げる。

とべ、高く、高く、とべ。

明るい方へ、明るい方へ。

沖縄から本土へ、夢を乗せて出航してゆく船。青い煙突とＲＫＫの赤い文字。かつてしいちゃんと見た港の光景が、貴和子の目によみがえっていた。


（了）

外人住宅

高い空から容赦なく夏の日は降り注ぐ。白く反射する小道を、ぴょんぴょんと子やぎのように駆ける。足を蹴るたびにゴムぞうりの鼻緒が指の間に食い込む。そこにはびっしりと細かな砂が入り込んでいた。気持ち悪い。ぞうりをペタペタと鳴らして砂を払いたい。それでも立ち止まることなく走り続ける。

果南子は家を探していた。会ったことも見かけたことすらない他人の住む家だ。でも、いつも自分の家から眺めている家だ。フェンスの近くにある家。フェンス沿いを行けば必ず見つかるはずだった。どうして見つからないのだろう。もう何軒もの家の前を通り過ぎた。平屋のブロック造りの似たような家ばかりだ。果南子は焦る。同じ場所をぐるぐると走っている気がする。

蝉の声が遠くなったり近くなったりして聞こえる。ゴクンと唾を飲み込むと、喉の奥がきゅっとすぼまる。ドキドキと胸は鳴りっぱなしだ。早く、早く、と気は急くのに足は思うように動かない。見つかったらどうなるんだろう。そう思ったら恐ろしくて足がガクガクと震える。

外人住宅へ忍び込むなんて自分でも思いがけなかった。教会からの帰り、まっすぐ家に帰るつもりだった。それなのに違う方向へと足が向いた。少し行くと、壁のような分厚いコンクリートの看板が立ちはだかった。「ＯＦＦ ＬＩＭＩＴＳ」。英字で目立つように記されている。

この文字は他の場所でもよく見かける。

果南子の住む地域から幹線道路に出て北の方へ向かうと、ある地点から道路沿いにずっとフェンスが続いている。途切れなく続くフェンスの上に、一定の間隔をあけて赤い色の看板が掲げられている。そこに書かれている黄色い文字と同じだ。見慣れているせいか、果南子はその文字に無関心だった。

以前、母親と近くを通りかかったときだ。看板の側まで引っ張られて教えられた。

「これは立ち入り禁止という意味だよ。入ってはダメと書かれているんだよ」

母親は、まるでその文字が忌まわしいものでもあるかのように、言葉にも差す指にも力を込めた。ここから向こうへは決して行ってはいけないよ、と釘を刺した。それなのにどうしたことだろう。いったんすくんだはずの足は、蜘蛛《くも》のように軽やかに動き出してしまったのだ。

暑さと緊張とでくじけそうになりながら、果南子の胸の内にくっきりと浮かぶものがあった。

ほんの少しでいいから乗ってみたい……。

それは、探している家の庭に置かれたブランコだった。ブランコは誘うように軽やかに揺れる。

「ストップ！」

突然、上から声が降ってくる。

「ゲラアウト！」

太った黒人の女の子だった。小高い芝生の上で仁王立ちになっている。手を振り上げ何やら叫んでいる。大きく開けた口には真っ白な歯が並んでいる。噛みつかんばかりにガチガチと鳴っている。泡のように唾が飛ばされる。ついに、怒りでパンパンに膨らんだ体が動き出した。今にも転げそうな勢いで駆け下りてくる。その横には黒い塊が跳ねていた。だらりと真っ赤な舌を垂らしている。

犬だ！

はじかれたように体が動いた。果南子は来た道を引き返した。コンクリートの看板を目指して必死になって駆けた。地面を蹴るパタパタという音が辺りに響き渡る。いつの間にか、履いていたぞうりはどこかへ飛んでいってしまった。

T小学校は一八八一年に設立された。その後半世紀近く経て、鉄筋コンクリート造りの校舎に建て替えられた。その重厚な校舎の趣を象徴しているのは、中央に位置する時計台の存在である。丸形の大きな時計が座する洋風な石造りのバルコニーには、国旗や校旗の掲揚台があった。校旗の掲揚をするのは最上級生である六年生が充てられた。朝礼の前にてきぱきと準備をする彼らの姿。背筋をピンと伸ばした凛々しい姿に、時計台を見上げる下級生の誰もが、あこがれの眼差しを向けた。

学校は緑豊かな場所にあった。裏手にはこがね森と呼ばれるなだらかな森が広がっていた。戦火で一面焼け野原となったが、自然の力は徐々に森を回復させていった。焦土の上にも植物は次々と芽吹き、根を張り枝を伸ばした。息を吹き返した森は再生の歓喜に満ちていた。風が吹き渡るたびに木々は枝を揺らし、豊かに茂った緑葉はさざ波を起こし芳香を放った。

森同様に学校も戦闘にさらされた。特にこの周辺は、日米両軍の激しい地上戦が繰り広げられた地域であった。鉄筋コンクリートの校舎は砲撃の嵐を見事にかいくぐったのだが、皮肉にも米軍の基地として占拠され、戦後も米軍の資材置き場として利用された。学校が再開できたのは終戦から十三年も経ってからである。

果南子が入学する頃には戦争の爪痕は跡形もなく、伝統ある学校としての威厳を保ちつつ、整えられた教室や校庭は元気な子どもたちの姿であふれ返っていた。

梅雨が明けると、森から一斉に蝉の鳴き声が響き渡った。子どもたちはそわそわする。もうすぐ夏休みだ。森の中で思いっきり遊べる。

「なんか、いい匂いしないか？」

国語の授業の最中だった。鼻をひくひくさせてひとりの男子がそう言うと、周囲はざわつき始めた。小柄な男子がそっと席を立ち、窓の外をのぞいて飛び上がった。

「見れ！　大きな豚《マギーワードォー》だ！」

その声に、子どもたちは一斉に窓際へと集まった。

「こら、席について！」

注意をするものの、先生も子どもたちの背後から外をのぞき込んだ。果南子も窓へと身を乗り出した。

二階の窓から、フェンス際に建つ住宅の庭が見下ろせた。そこから煙がもうもうと上がっている。まるまる一頭の大きな豚が、芝生の上でゆっくりと回転していた。油が塗られテカテカときつね色に光っている。目玉や歯が抜かれ、目と口がつり上がった豚の顔はグロテスクだった。でも怖さよりも興味の方が勝った。

庭には、サングラスをかけた金色や栗毛色の髪をした外人たちが集まっていた。彼らは皿とフォークを手に豚を取り囲んでいた。時折、笑い声や歓声を上げる。鮮やかな色のシャツやショートパンツから剥き出しになった腕や脚は、異様なほど真っ白だった。日にさらされ白く浮かび上がるそれは、まるで白い蛇がくねくねと、緑の芝生の上を這い回っているようにも見えた。

森の一部は切り開かれて米軍属の住む住宅地となっていた。通称「外人住宅」と呼ばれている。地域の住民が勝手に入れないようにフェンスで囲われていた。

学校はそうしたフェンスと背中を合わせるようにして建っていた。フェンスの向こうの禁断の地で展開される贅沢《ぜいたく》な暮らしぶりを、子どもたちはいやが応でも見せつけられるのだ。しかも教室の窓から。特に果南子の教室は二階の端にあり、住宅や庭がよく見渡せた。

「おなかすいた《ヤーサンヤー》……」

ぽつりと誰かがつぶやいた。無意識におなかに手をやる。まだ三校時の途中だ。

「はい、席について。授業、授業」

パン、パンと先生が手を叩いた。子どもたちはしぶしぶ席に着いた。

果南子も仕方なく教科書を開いた。

イタッ……。

右手の人差し指が机の角のささくれに当たった。幸いにも棘は入っていないようだ。机の表面は黒ずんでごつごつとしている。もう何年も使い込んだ古い机だった。顔を上げると、前の席に座る男子の、よれよれになったシャツの袖口が目に入る。折り目がほつれて小さな穴が空いている。

バーベキューを楽しむ外人たちは、周囲の目を気にする素振りが全く見られなかった。二階の教室から子どもたちがのぞいているのを気づかなかったのか。それとも気づいていて、わざと気づかないふりをして見せつけていたのか。

そう思ったら、なぜだか怒りが湧いてきた。フェンスの向こうで、たらふく豚肉を食べている外人たちが憎らしくなった。

なんで、なんで、うちたちは真面目に勉強しているのに。なんで、なんで……。

教室には扇風機なんてなかった。暑い日にはプラスチックの下敷きを扇子代わりにパタパタあおって、暑さをしのいでいた。

肉を焼く匂いが教室の中に流れてきた。それはさらに教室の中を暑苦しいものにしていた。ジュージューと肉がこげる音まで聞こえてきそうだ。果南子は思わず両手で耳を押さえた。先生が黒板を指さし何か話している。その白墨で書かれた文字を、果南子はにらみつけるようにじっと見つめた。

学校の裏手にあるフェンスは住宅地までずっと続いていた。果南子の住む家もそのフェンス沿いに建っていた。二階建ての建物の一階を間借りしていた。勝手口を開けると、目の前にはフェンスが立ちはだかり、その向こうには外人住宅の平たい家々が見えた。

夏場になると、勝手口の横にある水道で髪を洗った。頭を逆さまにして蛇口をひねる。勢いよく流れた水は、髪の毛を伝わり横にある側溝へと流れた。側溝は大して大きなものではなく、幅二十センチ深さ四十センチ程度のものだった。いつもちょろちょろと澄んだ水が流れていた。側溝の片側には果南子の肩の高さくらいまで石が積み上げられ、さらにその上に二メートルほどのフェンスが立っていた。フェンス沿いに設置された側溝が、どこまで続いているのか、水はどこへ流れていくのか、果南子は考えたこともなかった。

シャンプーの白い泡が側溝の中をゆらゆらと流れていく。それを目の端で捕らえながら、思い出すことがあった。「あれは何だったのだろう」と、今でも不思議に思う。

仕事で母親の帰りが遅かった夜のことだ。

頼まれた洗濯物を取り込んだ後、勝手口のドアを閉めようとしたときだ。側溝の黒く濡れた側面に小さな光が浮いていた。何だろうと目を凝らすと、てん、てん、と周囲に飛び移った。光は強くなったり弱くなったりして闇の中を漂っていた。

母親が帰宅した頃には、その光は消えていた。

「蛍がいた」と告げると「まさか！」と相手にしてもらえなかった。

「蛍はきれいな水のあるところにいるんだよ。こんなドブにいるわけがない」

そう言われると果南子はだんだん自信がなくなった。蛍だと思ったのは別のものだったかもしれない。でも、だとしたら何だろう。小さな光だった。今にも消え入りそうなその光は、何か意志を持って合図を送っているかのように、果南子の目には映った。

水道の水は冷たくて気持ちがよかった。果南子は頭を逆さまにしたまま、顔をぐるりとフェンスの方へ向けた。緑の芝生の上に傾いた家が見える。平らな屋根は長く伸び大きな庇《ひさし》を作っていた。壁には窓とクーラーの室外機が並んでいた。

けれど正確に言えば、果南子の視線の先にあるのは庭にあるブランコだった。向かい合わせのふたり乗りの白いブランコだ。公園のひとり乗りの、しかも壊れかけた古いブランコしか知らない果南子にとって、それは童話の世界から飛び出してきたかのように、まぶしい存在だった。

ブランコはいつ見ても、じっとして動かないままだった。誰かが乗っているのを見たことはなかった。家に人が出入りするのを見かけたこともなかった。母親が言うには空き家らしい。

ときどき、あの家には誰かいるのでは、と想像する。誰かいてうちが髪を洗うのをじっと見ているのかもしれない、と。外人たちがバーベキューをしていたのを、教室の窓からうちたちがのぞいたように。窓のへりにしがみついてじっとこっちを見ている。こっちも見られていることを知りつつ、たっぷりと水を使って気持ち良さそうにしている。一方相手は、締め切った薄暗い部屋の中で息を潜めているのだ。

髪をすすぎながら果南子は想像を続けた。ずっと水道の水は流しっぱなしだ。跳ね返った水滴が、すねや膝に飛び散って滴り落ちる。「無駄遣いして！」母親に知られたらこっぴどく叱られるだろう。

でも実際には、誰かが現れたらすぐさま勝手口を開け、身を隠すつもりだ。隠れるのは、髪を洗っているところを見られるのが恥ずかしいから。でもそれだけじゃない。フェンスの向こうにいる外人は特別なのだ。違う世界の人間なのだと思う。見つかったら隠れる。追いかけられたら逃げる。

髪を洗い終えると、足元に落ちていた粉シャンプーの空袋を拾った。母親にちゃんとゴミ箱へ捨てるように言われている。青い色の紙だった。空へかざしてみる。堅い紙だ。簡単には破れない。果南子は指先に力を込めた。できるだけ細かくちぎって手のひらに乗せた。ごくわずかだが、細かなものはフェンスの穴をすり抜け、向こう側へと飛んで行った。

校舎の横の真新しい建物は給食室だった。既に完全給食は実施されていたが、単独の給食室が設置されているのは、市内でもごくわずかな学校だけだった。

登校すると、クリーム色の建物の窓から白い蒸気が上っているのが見えた。休み時間に近くを通ると、ジャージャー、トントン、ガチャガチャ、シューシューと様々な音が流れてきた。水を使う音、野菜を切る音、お玉や鍋のぶつかる音。それらの音に混じって調理のおばさんたちの元気な声まで聞こえた。

給食はコッペパンと汁物、副菜、脱脂粉乳を溶いたミルクなどが主なメニューだった。

そのミルクが果南子は苦手だった。

黄色いプラスチックのお椀に入ったミルクは、いつも最後まで残っていた。配膳されたときは温かかったが既に冷めている。表面に膜が張っている。ぺたぺたと気味悪く光っている。そのまま口に運ぶと上唇にぺたりとそいつが張り付く。それを想像しただけで果南子は身震いをした。給食は一口も残してはいけない。先生にも母親にもきつく言われている。覚悟して息を止めて、生ぬるくなったミルクを一気に飲み干した。

ミルクは嫌いだったが、容器のミルク缶には妙な愛着があった。たぶんアメリカのテレビ番組の影響だ。牧場に住む家族の物語。ランプの灯されたテーブルの上で家族揃って食事をするシーンがよく流れた。皿に置かれたパンをちぎりスプーンですくってスープを飲む。テーブルに置かれたポットには温かな飲み物が入っている。そのポットとよく似ていたのだ。

ぽってりとした形が良かった。給食室のスチール製の網棚の中段にそれは並べられていた。アルミ製の側面にやわらかな光が溜まっていた。取っ手はどれも右側へ、注ぎ口は左側へ向いている。アヒルが並んでいるようにも見えた。一度だけでもミルク缶を運んでみたい。でもそれは男子が運ぶことになっていた。果南子は副菜の食缶の担当だった。

その日、ミルク缶の担当の男子は学校を休んでいた。

給食時間になって先生は気づいた。

偶然にも先生の側に果南子は立っていた。自分の担当する食缶を運び終えたばかりだった。

「うちが取ってきます」

思わず言葉が出た。

「大城さん、お願いね」

急いで給食室へ引き返した。果南子は嬉しかった。念願のミルク缶を運ぶことができるのだ。

給食室は静かだった。調理を終えたおばさんたちは奥の部屋に引き払っている。人気のない給食室の網棚の中段に、ミルク缶はひとつだけぽつんと置かれていた。

思い描いた通りだった。ミルク缶はうちのことを待っていてくれた。抱き上げるようにして両手で取っ手を持ち上げた。意外にもそれは重かった。網棚から下ろそうとしたとき、上着のボタンが網棚にひっかかった。それを外そうとしたときだ。

「あ」

運悪く手が滑った。傾いたミルク缶はそのまま床の上へ落下した。カラン！　と悲しい音が周辺に響いた。

どうしようミルクが……、どうしよう……。

おろおろとするばかりで、果南子は立ち尽くしてしまった。足元にたらりとこぼれたミルクは、みるみるうちに広がっていった。

動けないまま床の上に視線を落としていると、目の端を小さな影が走った。

それはてきぱきと動いた。床にこぼれたミルクを拭き取り、転がったミルク缶を拾うと奥の部屋へと姿を消した。あっという間の出来事で果南子は放心したままだった。

「どうしたの？」

声をかけられ我に返った。

白い割烹着を着た調理のおばさんが側に立っていた。

「ミルク缶を落としてしまって……」

「何年何組？」

「四年三組です」

「ああ、それならさっき女の子が持って行ったさあ」

「え？」

「小さくてかわいいぐゎの子だったよ。小さいから持てるか心配だったけどね。案外と力持ちなんだねえ」

小さな女の子？　誰だろう？

そう言えば、ずっと休んでいる子がいた。その子かもしれない。

果南子はすぐさま教室へと戻った。給食の配膳は終わりかけていた。トレイの上の黄色いお椀には、ちゃんとミルクが注がれていた。空のミルク缶は配膳台の下の定位置に置かれていた。

窓際の列の一番後ろの席に、小さな女の子が座っていた。窓辺の光が女の子をやさしく包み込んでいた。栗毛色の髪がやわらかに揺れていた。果南子と視線が合うと小さくうなずいて笑った。

その日から、果南子はエイミと仲良しになった。

エイミのようになりたい。

果南子はときどきそう思う。栗毛色のやわらかな髪が羨ましかった。ふたりで並んで歩くと、エイミの髪の毛は軽やかに風に舞った。日を受けてきらきらと金粉をまぶしたようにゆるい線を描いた。思わず果南子は手を伸ばした。

エイミの肌は透き通るように白い。色黒《イルクルー》のうちとは何もかも違うのだ。

果南子の部屋には、セルロイドの外国製の人形が飾ってあった。それは叔母からもらった誕生日プレゼントだった。

叔母は母親の一番末の妹だった。高校を卒業後、中部にあるR百貨店に勤めていた。R百貨店は香港系の会社が経営する外国商品専門のショッピングセンターだった。島に住む米軍や軍属、その家族が主な客層だった。

一度だけ、果南子は母親に連れられてその百貨店を訪れたことがあった。路線バスに揺られて一時間近くかかった。

駐車場に並んでいたのはほとんどが外国製の車だった。車体が長くタイヤもびっくりするほど大きい。日本製の車がおもちゃに見えるくらいだった。

店の中へ入ると、石鹸の香りのようないい匂いがした。てかてかと光る床の上に恐る恐る足を置いた。とろんとやわらかそうな服がハンガーにかけられ並んでいた。ガラスの板の上には鞄や靴がすました感じで置かれていた。値札を確認するたびに母親はため息をついた。

売り場をひと通り見て、何も買わずに帰った。

店の商品を安く買えるのか、叔母は会うたびに違う服を着ていた。色鮮やかなワンピース。細かなフリルの施されたブラウス。たっぷりと布を使ったフレアスカート。

果南子は、歳の近いおしゃれな叔母のことを「ねえねえ」と呼んでいた。

学校から帰ると、玄関につんとして置かれた真っ赤なハイヒールが目に入った。

ねえねえが来ている……。

果南子は、自分が嬉しいのかそうでないのかわからない。

「お土産」

果南子の姿を見るなり、叔母は銀色の紙袋を差し出した。

「アメリカのチョコレートだよ。お客さんにたくさんもらったから」

袋をのぞくと、光る素材の紙に包まれたチョコレートが入っていた。丸い形、三角、四角。お互いにぶつかり合ってガサゴソと音を立てる。

「外人と仲良くしちゃだめだよ」

母親の言葉を無視して、叔母は鏡の前でイヤリングを付け直している。

母親は機嫌が悪い。

最近、ねえねえが来るときはいつもそうだ。果南子はなんとなく気づいていた。百貨店に勤める叔母の同僚が外人と結婚したという話を聞いて以来、母親は叔母が外人と親しくなることを警戒していた。叔母が髪を明るい色に染めたこと、派手な服を着ていること、化粧がどんどん濃くなっていくこと、全てが気に入らないようだ。

叔母からもらった人形には、メリーちゃんと名前を付けた。百貨店で売っていた人形だった。腰の周りに大きなリボンが付いた桃色のワンピースを着ていた。栗毛色の巻き毛に青い瞳。横にするとその瞳が閉じられる。まつげがくるんとしていて長い。

もしも、ねえねえが外人と結婚したら……。

果南子は赤ん坊の顔を思い浮かべた。

きっと、こんな感じのかわいい赤ん坊が生まれるだろう。

果南子は人形を抱き上げ髪を撫でた。胸の辺りを押すと、「ホニャー」と赤ん坊のような泣き声をあげる。「よしよし」と言いながら、果南子は人形をあやした。

市場で、混血の赤ん坊を抱いた女の人を見かけたことがあった。茶色の髪に色白で大きな瞳、形の良い鼻。道行く誰もが赤ん坊に目を留めた。その子は抱いている女の人にちっとも似ていなかった。遠巻きに見ているおばさんたちから声が漏れた。

あれ、あいの子だねえ。アメリカーに遊ばれたのかねえ。おなかが大きくなって仕方なく産んだのかねえ。かわいそうな子さあね……。

ちらちらと視線を向けながら、おばさんたちはひそひそと続けていた。

あいの子？　かわいそうな子？

ふと、エイミの顔が浮かんだ。

エイミもあいの子だった。たぶん父親は米兵なのだろう。

よく耳にする「あいの子だからさあね……」という言葉。それにはかわいらしさを認めているものの、差別が潜んでいることに果南子は気づいていた。

妬みと差別とが絡み合った目。そんな目でエイミも見られているのだろうか。

教室の窓際の列の一番後ろの席。エイミはそこに座っている。でも、そこには誰も座っていないかのように、誰もエイミに話しかけない。隣の席の子も前の席の子もそうだ。先生だってエイミの小さな返事を聞き漏らしている。

果南子は歩きながら何度か後ろを振り返った。そのたびにエイミはパタパタと駆け寄った。小柄なエイミは歩くのが遅かった。でもそれだけが理由ではない。エイミは歩きながら何かを拾っているのだ。それが何なのか果南子からは見えない。道端に咲いている雑草の花。転がっていた瓶のふた。変わった形をした石。そんなものだと思う。それらを拾って右のポケットへしまっている。「タカラモノ、タカラモノ……」とつぶやいて。右のポケットは破れそうになるくらい膨らんでいる。そんなもの絶対にタカラモノなんかじゃない、なんて意地悪を言いたくなるし、もたもたしているエイミを置いてずんずん先へ行ってしまうことだってできる。それなのに慌てて近寄ってきて小さく笑うエイミの顔を見ると、果南子は何も言えなくなる。先に行って置いてけぼりなんて、絶対にできない。

エイミの本当のタカラモノを、果南子は知っている。それは左のポケットに入っている。こっそりと見せてもらった。

金色の縞模様のついた赤いセロファン紙。

パパにもらったんだ。中身のチョコレートは食べちゃったけど。これ、きれい。エイミのタカラモノ。

エイミの父親は、仕事で遠いところへ行っているそうだ。アメリカへ帰ったのかもしれない。果南子も母親とふたり暮らしだった。両親は果南子が生まれてすぐに離婚していた。母親は銀行に勤めながらひとりで果南子を育てた。

タカラモノの紙を広げて頭の上に乗せると、エイミは体を揺らして踊り始めた。父親に教えてもらったのだろうか。知らない外国の歌を口ずさんでいる。歌に合わせて手を上下に動かし体を揺らしている。赤いセロファン紙は、ベールのようにエイミの髪に張り付いている。踊っているエイミはとても愛らしかった。

果南子も自分のポケットに手をやる。そこにあるものをぎゅっと握る。一セントのコインがふたつ。エイミのぶんも買える。エイミと一緒に一銭マチャー（駄菓子屋）へ行くのは初めてだった。

一セントで買えるものはたくさんあった。塩せんべい、すこんぶ、ハチャグミ、砂糖菓子。種類ごとに大きな瓶に入れられ板間に並んでいた。どれにしようか、お菓子を選ぶのは楽しい。

果南子はかがみ込んで、横にいるエイミの膝に自分の膝をわざとぶつけてみた。エイミは少しびっくりしたような顔をしたけれど、果南子が笑ってみせるとはにかむように笑顔を返した。

ドン！

突然、大きな音が響いた。

一瞬、何が起きたのかわからなかった。店のおばさんがこぶしで壁をたたいている。

「アメリカーは出て行け！」

いつもやさしいおばさんが顔を真っ赤にしている。ぶるぶると体を震わせて金切り声を上げている。とたんにピーンと周囲の空気が張り詰めた。

アメリカー？

とっさにエイミのことだと思った。

体が強張った。おばさんはどかどかと足音を立ててこっちへやって来るだろう。震えているエイミの腕を容赦なくつかんで、強く引っ張って、店の入り口まで引きずって……。

以前、母親がこんなことを話していた。

「あのおばさんはね、大事な長男を米軍のトラックにひかれて殺されたんだよ。だからアメリカーはみんな憎いんだよ。親にとって子どもは、自分の命よりも大切なものだからね」

そういう母親の目は潤んで見えた。

でも、でも、エイミはアメリカーなんかじゃないよ！　うちの大切な友達なんだよ！

果南子は心の中で叫んだ。目を閉じて祈るようにして叫んだ。膝の上で手ががたがたと震えていた。冷たくなってずしりと重かった。すると、ふわりとその上に何かがかぶさった。

温かい……。

目を開けると、エイミの小さな手が乗せられていた。

おばさんはこっちへは来なかった。おばさんが追い出したのは、くるくるとした巻き毛の男の子と、その母親だろうか若い女の人だった。男の子はそばかすが浮かんだ頬を赤くして泣き出していた。

「あんたもアメリカーだよ。アメリカーはお断りだよ！」

女の人は悲しそうな顔をした。何も言わずに男の子を連れて店を出ていった。

エイミじゃなかった……。

果南子はほっとした。

おばさんはエイミを見ても何も言わなかった。何事もなかったかのように、ふたりの選んだ駄菓子を小袋に入れて渡すと、二セントを受け取った。

一銭マチヤーからの帰り道、ひとりのおばあさんが向こうからやって来た。黒っぽい着物を着ていた。着物の袖がひらひらと風になびいていた。見かけないおばあさんだった。

近づいて来るうちに果南子は奇妙なことに気づいた。おばあさんの右目はまっすぐ前を見ているのに、左目は少し違う方向を見ている。焦点が合っていない。おばあさんは手を合わせ、何やらぶつぶつとつぶやいていた。何を言っているのか少しもわからなかった。ちょっと頭がおかしいのかもしれない。すれ違いざまにおばあさんの足が止まった。違う方向を向いていた左目が、ぐるりと回ってじっとエイミに注がれた。つぶやき声が一瞬だけ大きくなった。そしてその目は、次に果南子を捕らえた。

目が合ったとたん、息が止まった。体の中にぽっかりと穴が空いた。その穴におばあさんの左目が入り込んだ。目は無防備な果南子の体を自由自在に這い回った。体の隅々までねっとりと撫で回した。

声がささやかれた。

「あんたは知っているのかねえ……知っていてその子と一緒にいるのかねえ……」

耳ではない。全身で声を聞いているのだと感じた。おばあさんは続けて言った。

「まあ、いいさ。この子があんたのことを守ってくれるかもしれないから」

左目の焦点が再びずれた。ぼんやりと周辺をさまよい始めた。

地の底から湧き上がるように、またつぶやき声が聞こえてきた。おばあさんの黒い着物の裾が風ではだけた。薄い皮が貼りついたような貧弱な脚が露わになった。それでもおばあさんは挑むように、しっかりとした足取りで通りの向こうへ行ってしまった。

三角屋根の白い大きな建物は遠くからでも目立った。こがね森へ向かう道と外人住宅へ向かう道との角に、教会は建っていた。

ミスター・ホワイトはその教会の牧師だった。キリスト教徒でもない果南子が教会へ通うようになったのは、英会話の勉強のためだった。毎週木曜日、学校が終わると、教会のどっしりとした門をくぐった。プレイルームと呼ばれる部屋には、毎回五、六人の地域の子どもたちが集まった。

大きな机の上には、いつも紺色の革表紙の聖書が置かれていた。英語の教科書のようなものがあるわけではなかった。カラフルな外国の国旗を並べてどの国のものか当てたり、ジェスチャーで箱の中にあるものを当てたりなど、ゲームをすることが多かった。果南子は学校の授業よりも楽しいと感じていた。

勉強の終わりに聖書は開かれた。長身なミスター・ホワイトはいつもかがみ込むようにして聖書の一節を読み上げた。聖書は日本語で書かれていた。彼の日本語はたどたどしかった。それでも一語一語ゆっくりと、丁寧に根気強く読み上げた。穏やかな光を帯びた薄青い目が、聖書と子どもたちの間を行き来した。

聖書を読み上げた後、ミスター・ホワイトは目を閉じ、両腕を組んで祈りを捧げた。それはいつも「天のお父さま」という言葉から始まった。祈りが始まると、子どもたちはお互いに目配せをし、ミスター・ホワイトの真似をして目を閉じてじっとしていた。最後に「アーメン」とミスター・ホワイトが唱えると、それが合図でみんな目を開いた。

周囲の大人たちは大抵、外人を見ると警戒した。外人のことを悪く言う大人も多かった。悪い外人もいるけど良い外人もいるのだ。果南子はミスター・ホワイトを良い外人だと思った。

土曜日の午後に、ミスター・ホワイトの家でパーティーが開かれることになった。果南子は参加したかった。母親へ話したらきっと反対するだろう。英会話の勉強で教会へ通うこともしぶしぶ許してくれたのだ。友達を一緒に連れて来てもよいと言われた。果南子はエイミを誘うことにした。母親には、エイミの家へ遊びに行くと嘘をついた。

ミスター・ホワイトの家は民家の中にあった。外人住宅の中にあるものと期待していた果南子は、少しがっかりした。二階建てで庭の広い家だった。ブランコは見当たらなかった。代わりにガーデンチェアが二脚置かれていた。

エイミはいつもと様子が違っていた。浮かない顔をしている。玄関の前に並んで立つと、何も言わずに果南子の顔を見上げた。不安なのか、つないでいた手を離そうとしなかった。

ドアが開いた。

「ウェルカム！」

ミスター・ホワイトが笑顔で出迎えた。その隣には金髪のきれいな女の人が立っていた。背が高くすらりとしている。丸いイヤリングが耳元で光っていた。奥さんのミセス・ホワイトだった。子どもたちひとりひとりに微笑みかけた。

「ハロー」

ミセス・ホワイトは果南子とエイミに近づくと手を差し出した。細くて長い指。形の良い爪には桃色のマニキュアが塗られていた。エイミは果南子の手を握ったまま動かなかった。果南子はもうひとつの手で、おずおずとその美しい手を握った。

白い壁に白い天井。レースのカーテン。茶色のどっしりとした家具。大きなソファ。その上には数個のクッションが置かれていた。外人の家を訪れるのは初めてだった。物珍しさに、果南子はぐるぐると辺りを見回した。

招待された子どもたちはリビングに集まった。テーブルの上にはお菓子やジュースが並んでいた。チョコレートやクッキー、クリームを乗せた焼き菓子、赤やオレンジの色をしたジュース。見るのも口にするのも初めてのお菓子や飲みものに、子どもたちは大喜びだった。

子どもたちのお腹が満たされた頃、ミスター・ホワイトが立ち上がった。

「イースターエッグ」

ミスター・ホワイトは人差し指を上げてゆっくりと発音した。ミセス・ホワイトは何か小さなものを手のひらに乗せている。それを子どもたちの前に差し出した。

「卵？」

「オー、イエス」

それは卵に似せた丸い紙だった。ミセス・ホワイトは日本語が話せないようだった。ミスター・ホワイトが続けて説明した。

「ゲームです。これと同じ卵を探してください。家の中にたくさん隠してあります。自由に好きなところを探してください」

歓喜と驚きの声が子どもたちから漏れた。

「簡単には見つからないと思います。部屋のドア、クローゼットの引き出し、どこでも開けて探してみてください」

ミスター・ホワイトは教会でのゲームと同じように、いたずらっぽくウィンクをしてみせた。「たくさん見つけた子にプレゼントあげます」と、付け加えた。

家の中のどこを探してもいいという言葉に、果南子は驚いていた。初めて訪問した人に自分の家の中を見せるなんて考えられない、自分なら恥ずかしいと思ったのだ。

「レディ？　ゴー！」

いつもの合図に、子どもたちは慌てて席を立った。

果南子はぼんやりとしているエイミの手を取って立ち上がった。既にドアを開けて別の部屋へ行った子もいる。リビングの中にいる子はクッションをひっくり返したり、机の引き出しを開けて中をのぞいたり、ソファの下に手を入れたりして懸命に卵を探し回っている。ミスター・ホワイトとミセス・ホワイトは、それを嫌がりもせず楽しそうに眺めていた。「あった！」と誰かが叫んだ。見つけた卵を手に飛び上がって喜んでいる。

とりあえずリビングを出て廊下へ出た。

果南子は卵をたくさん見つけたいわけではなかった。それよりも、家の中のものをいろいろと見たかった。冷蔵庫も洗濯機も机も椅子も皿もコップもスプーンでさえも。自分の家にあるものとは大違いなのだろう。外国製のものはどれもおしゃれで高級品に見える。それらをひとつひとつ、目で見て触って確かめたかった。

こわごわ開けたドアの向こうは洗面室のようだった。洗面台の横には、百貨店で見たような石鹸や化粧品の小瓶が並んでいた。その下の引き出しを開けると、小さくたたまれたタオルが並んでいた。その隙間をそっと開いて卵を探す。あった、見つけた。エイミも棚の上に置かれたコップをずらして卵を見つけた。洗濯機の中やマットの下などから、ふたりは次々に卵を見つけていった。

果南子はほっとした。エイミもゲームを楽しんでいるようだ。

洗面室を出ると横に階段があった。二階へと続いている。

上へ行ってもいいのだろうか。

一瞬迷ったけれど、「自由に好きなところを探してください」という、ミスター・ホワイトの言葉を思い出した。果南子はエイミと一緒に階段を上った。

二階には廊下の横にふたつのドアが並んでいた。ひとつめのドアを開けると、そこには本棚とどっしりとした机があった。机の引き出しを開けたり、本棚から抜き出した本をぱらぱらとめくったりしたが、卵はひとつも見つからなかった。

卵探しに夢中になっているうちに、ふと、エイミの姿が見えないのに気づいた。

どこへ行ったのだろう？　他の部屋へ行ったのだろうか……。

果南子は廊下に出て隣の部屋のドアを開け、そっと中をのぞいた。

ベッドが見えた。真っ白いカバーがかけられていた。こんなに大きなベッドを間近に見るなんて、果南子には初めてのことだった。

端に立って恐る恐るその上に手を置いた。ふわふわとしていてやわらかい。果南子はさらに指先を伸ばした。カバーの上には刺繍が施されている。表面の小さな起伏をなぞってみた。そしてその上に手のひらを滑らせると、そのまま体を横たえた。ゆっくりと体が沈み込んだ。いい匂いがする。果南子は目を閉じた。白い波に包み込まれるようだった。体が泡のように溶けていく感じがした。いつしか果南子は眠り込んでしまった。

オー、ノウ！

突然、甲高い声が上から降ってきた。

目を開けると、ミセス・ホワイトのひきつった顔が迫っていた。

ゲラアウト！　ゲラアウト、ヒア！

ミセス・ホワイトは果南子の両肩につかみかかり、怒鳴り散らした。美しい顔が醜く歪《ゆが》んだ。怒りを露わにしたその顔は、真っ赤になり次第にどす黒く変化していった。金髪のサラサラとした長い髪は、根元から真っ黒なちぢれ毛に変わっていった。

その顔には見覚えがあった。侵入した外人住宅にいた女の子、もの凄い顔をして追い掛けて来た黒人の女の子だ。ミセス・ホワイトじゃない。

果南子は悲鳴を上げた。相手を力いっぱい突き飛ばすと、慌てて部屋から逃げ出した。玄関を飛び出し、芝生の上を転げるようにして駆けた。黒人の女の子は執拗に追い掛けて来る。どこから現れたのか犬も駆けて来た。赤い舌がぬめぬめと鈍い光を放っている。

出て行け！　出て行け！

怒りの声は四方八方から放たれた。辺り一帯に反響している。思わず耳を押さえてしゃがみ込んだ。ひとつとなった声は、刃を向け果南子の体に切りかかる。お前はここにいてはいけないのだと激しく傷つける。我慢できずに果南子が立ち上がったとき、ひらひらと何かが目の前を遮った。

蝶々？

ひらひらとそれが舞ううちに、声は静まり、黒人の女の子も犬もその姿はかすれていった。

手を、誰かに握られている気がした。目を開けると真っ白な天井が見えた。

側に誰か座っている。ミスター・ホワイトだ。果南子が目覚めたのに気づき、いつものように微笑んだ。

「ごめんなさい。うち、いつの間にか眠ってしまって……」

果南子は慌ててベッドから起き上がった。

「大丈夫、大丈夫。気にしないで」

ミスター・ホワイトは優しかった。

ミスター・ホワイトと一緒に階段を下りた。階下はひっそりとしていた。リビングをのぞくと、誰もいなかった。子どもたちの姿もミセス・ホワイトの姿も見えない。しんと静まり返っている。テーブルに置かれていたお菓子も飲み物も、全てがきれいに片付けられていた。

「……みんなは？」

「帰りましたよ。パーティーは終わりましたから」

「エイミは？　うちの友達の？」

ミスター・ホワイトは首を傾げた。

エイミはどこへ行ったのだろう。果南子は急に不安になった。

エイミがひとりで帰るはずがない。小さく震えているエイミの姿が浮かんだ。かわいそうに。不安はどんどん大きくなる。エイミはどこにいるんだろう。

慌てて玄関から庭へと飛び出した。

「エイミ！　エイミ！」

名前を呼びながらエイミを探した。辺りはひっそりとしていて人の気配はなかった。パーティーに参加した子どもたちも誰ひとり見当たらない。知らない場所に迷い込んだように、果南子は心細くなった。

もしかして、エイミはまだ家の中にいるのかもしれない。

果南子は急いで引き返そうとした。すると、何かが手に触れた。やわらかい。振り向くとエイミの顔があった。目を合わせるとはにかむように笑った。

良かった……。エイミは無事だった。

果南子はほっとしてエイミの手を握った。

手をつないだまま帰り道を歩いた。エイミは上機嫌だ。歌を口ずさみ、跳ねるようにして歩く。スカートの裾が風に揺れていた。

果南子はつないだ手にそっと力を込めた。そのときようやく気づいた。

この手は……。

ベッドで寝ていたときの……。あれはこの手だったのかもしれない。あのとき、エイミはうちを起こそうとしたのだろうか。

エイミと一緒ならどんなことが起きたって怖くない。

なぜか果南子は強くそう思った。

そうだ、一緒にあのブランコに乗ろう。

そう決めたら、ブランコはそのために存在しているように思えた。

日曜日の朝、教会の周辺はにわかに華やかになる。正装した外人たちががやがやと集まる。幼い子どもたちまで、髪にリボンを付けたり蝶ネクタイを結んだりして着飾っている。

「ハイ！　ディア……」

門をくぐる前から声をかけ合う。立ち止まり、握手を交わし、肩を抱き合う。にこやかで親しげで、なんとも仲むつまじい光景だ。

その様子を、果南子は近くの家の陰から窺っていた。エイミも隣にいる。

外人たちの姿が教会の建物の奥へ消え、しばらくしてパイプオルガンの音と共に賛美歌が聞こえてきた。もう大丈夫だ。

ふたりは教会の前を通り過ぎ、例の看板の前まで歩いた。「ＯＦＦ ＬＩＭＩＴＳ」の文字は相変わらず堂々としている。またここを越えることになる。でも大丈夫。ここから先は誰とも会わないはずだ。皆、教会へ行っている。日曜日の午前中はほとんどの家が留守になる。

「急いで」

果南子はブランコのある家を目指して走った。エイミも果南子の後について来た。

教会までの道のりで、果南子はエイミに必死になって説明した。ふたり乗りのブランコがどんなに素敵なものか、どんなに乗りたいと思っているのか。エイミはブランコへ大して興味を示さなかった。それでも静かに果南子の話を聞いてくれた。

フェンス沿いの道へ向かっていた。

今度こそ、ブランコに乗れる。果南子は興奮していた。心も体も軽やかに弾んでいた。

けれど、風になびく栗毛の髪の毛が横に並んだと思ったとたん、それはするりと抜けた。

後ろを走っていたはずのエイミが果南子の前を走っている。小さな体がしっかりと地面を蹴る。

「エイミ、待って」

果南子が止めるのを聞かず、エイミはどんどん先へと走る。果南子はエイミに追いつこうと必死で走った。

しばらく行くとエイミの足が止まった。ある家の玄関に近づくと、吸い込まれるようにしてドアの向こうへと消えた。

どうしたのだろう。知り合いの家なのだろうか。

果南子は戸惑いながらも後を追って中へ入った。

家の中はがらんとしていた。

「エイミ……」

小さな声で呼んでみる。こわごわ足を運んだ。かび臭い匂いが鼻につく。家具はほとんど見当たらなかった。白く濁った窓ガラスからぼんやりと日が差し込み、歩くたびに床の上を細かなほこりが舞い上がる。カサッと音がして、飛び上がると、足の長い大きな蜘蛛が部屋の隅へと逃げていった。

すぐにでもここから逃げ出したかった。でも、エイミを放ってはおけない。果南子はエイミを探して次々と部屋の中へ入っていった。どこにもエイミの姿はなかった。

最後の部屋は廊下の奥にあった。勇気を出してドアを開けた。中は真っ暗だった。「エイミ……」と震える声で呼びかけた。

暗闇に少しずつ目が慣れると、大きなテーブルが見えた。窓には分厚いカーテンが引かれていた。テーブルは部屋の中央に置かれていた。どっしりとしていて頑丈で、異様な感じがした。目を凝らすと、テーブルには茶色いシミのようなものがあちこちにあった。

足に何かが当たった。ゴロゴロと音を立てて床の上を転がった。コーラの空き瓶か何かだ。転がった先に目をやると、小さく折り畳まれたものが落ちていた。

赤い紙だ。果南子は急いでそれを拾った。金色の縞模様が描かれている。

エイミのタカラモノ……。

あのセロファン紙だった。いつも服の左ポケットにしまっていた。

エイミは間違いなくここにいる。

「エイミ！」

果南子は声を振り絞るようにして叫んだ。すると背後に何か気配を感じた。巨大で凶暴なものがのしかかってきた。

口を塞がれ、ぎゅうぎゅうと強い力で締め上げられた。果南子は手足をばたばたさせ抵抗した。がっしりとした太い腕だった。それが肩と首にまわされている。腕を外そうと必死でもがいた。爪を立ててひっかいた。それでもびくともしない。逆にどんどん締め上げてくる。耳の横に相手の顔がある。はあはあとあえぐ声が聞こえる。不快な息が髪に頬にかかる。恐怖で全身が強張った。次第に意識がとぎれていく。

いきなり、むんずと髪を捕まれた。ずるずると床の上を引きずられている。自分の体が雑巾か何かのように感じられる。

……逃げなきゃ……。

そう思いながらも力が入らなかった。

白い部屋の中にいた。床も壁も天井も白い。チャプ、チャプと水の揺れる音。壁や天井に反射した光が弧を描いている。ゆらゆらと揺らめく。

お風呂場……。

ゆっくりと体が浴槽の中へ沈められた。水面が大きく揺れた。腰や足がつるつるとしたタイルの上を滑った。そして、すぐさま上からまたあの腕が突っ込まれた。

体を起こそうとすると太い腕に押さえ込まれる。再び体は沈み込んだ。目は開いたままだった。自分の髪が昆布のように水面に浮いている。向こう側にある相手の顔は、遮られてよく見えない。

こぽこぽと泡が立ち上がる。水面いっぱいに広がっていく。小さな泡もあれば大きな泡もある。果南子の体のあちこちから泡が生まれて上っていく。上へ上へと、生きたい、生きたいと、必死でもがいているように見える。

これが全部消えたら、うちは死ぬのだろうか……。

そう思ったら母親の顔が浮かんだ。

外人住宅へ入ってはいけない。そう強く言われていたのに。言うことを聞かなかったからバチがあたったんだ。どっしりとした看板。「ＯＦＦ ＬＩＭＩＴＳ」の文字が大きく黒々と浮き上がる。

子どもは自分の命よりも大切なもの。そう言っていた母親。

ごめん、ごめんね、母ちゃん……。

涙があふれ目の縁からこぼれる感覚があった。浴槽に涙が溜まっていく。後から後から、とめどもなく流れる涙は浴槽を満たしていった。

静けさの中にいた。

こぼれた光の粒がゆっくりと降りて来るのを、果南子は穏やかな気持ちで眺めていた。やがてそれらが体中にまとわりつくと、果南子の体は光を湛えた水面に向かって浮き上がっていった。そこへすっと、白い手が差し込まれた。するすると果南子へと伸びていく。小さな波が引き起こされた。その向こうがよく見えない。でも果南子にはわかった。

エイミの手だ。

窓から日が差していた。浴槽から引き上げられた果南子は、タイルの上に座り込んでいた。こぼれ落ちた水滴が、小さな水溜まりをいくつも作っていた。

風呂場は明るかった。穏やかな光で満ちていた。エイミは浴槽の縁に腰かけ、静かに果南子を見下ろしていた。いつものようにはにかむように微笑んでいる。エイミの髪や体からやわらかな光が放たれていた。

やっぱりエイミは人形みたいだ……。

その愛らしい口元が何かささやいた。そして窓の向こうを指さした。

庭の木々の隙間からブランコが見えた。あのふたり乗りのブランコだ。さらにその向こう、フェンス越しに見慣れた二階建ての建物がある。

うちの家？……。

この家だったのだ。この家こそが、果南子の探していた外人住宅だった。

エイミに手を引かれて庭へ出た。向かい合って座ると、ブランコは静かに揺れ始めた。芝生の上を風が転がる。降り注ぐ日と競い合うようにして、一面になだらかな紋様を描いていく。

エイミの形の良い額にもさらさらと風が流れた。いったん閉じられたまぶたが開かれまつげがわずかに震えた。くっきりと縁どられた茶色い瞳。上気した丸い頬。はしゃぐ声は、ブランコの揺れと呼応するかのように弾んでいた。

向かいに座るエイミを見つめながら、果南子はようやく理解した。なぜ、ふたり乗りのブランコだったのか。それはエイミとふたりで乗るためだったのだ。

ブランコは揺れ続ける。

果南子はさらに確信する。

もう誰も追っては来ない。ここは安全な場所だ。怖いことも嫌なことも何ひとつない。

歌声が聞こえてきた。教会からだろうか。むつまじく集い合う外人たちの姿が目に浮かんだ。敬虔に神に祈りをささげたミスター・ホワイト。もの凄い形相で追い掛けて来た黒人の女の子と犬。バーベキューに興じる外人たち。側溝の縁にてんてんと浮いていた小さな光。おばあさんのつぶやき声。

美しいもの、恐ろしいもの、尊いもの、忌まわしいもの。ここにはあらゆるものが混在している。でも、と果南子は思う。今はこうして静かにエイミとふたりでいる。

首筋に、冷たいものが落ちた気がした。

「あれ?」

エイミと顔を見合わせる。空を見上げた。空は真っ青だ。雲ひとつない。

すると、またポツリ。

今度は腕に、そして膝の上に、次々に落ちてきた。

再び空を見上げた。

雨だ……。

小さな雨粒が、きらきらと宝石のように輝きながらふたりの頭上に落ちてきた。日の光を受け煌めきながら、ゆっくりと舞うように降ってくる。まるで細かなダイヤモンドの粒のようだった。

——主の御名によって来る者に祝福あれ。

ふと、ミスター・ホワイトが唱える聖書の一節が浮かんだ。

祝福の雨だ。

果南子は空を仰ぎながらそう思った。そう言えば雨は久しぶりだった。こんな美しい雨は、もう二度と見ることはないのかもしれない。

良かったね。もう大丈夫だよ。

エイミにそう伝えたかった。けれど向かいに座っていたはずのエイミの姿は、そこにはなかった。


次の日から、エイミは学校へ来なくなった。もう何日も休んでいる。先生は何も言わない。エイミのいないことをクラスのみんなは誰も気にしていない。窓際の列の一番後ろの席は空いたままになっている。

エイミは両親と一緒にアメリカへ行ってしまったのかもしれない。果南子は思った。先にアメリカへ帰っていた父親が、約束通りに迎えに来たのだ。それならそれで良かったと思う。向こうへ行ったらもう誰にもいじめられないはずだから。あいの子、アメリカーと指さされ、陰でこそこそ言われることもない。向こうでたくさん友達ができたらいい。そして大人になったら会いたい。いつかエイミに会えるだろうか。

窓の外を見る。雀が一羽、電線の上に止まっていた。どこからかもう一羽飛んで来て一緒に飛び立って行く。空は青い。

果南子は机の引き出しを開けた。エイミに返しそびれたものがそこにあった。

金色の縞模様の赤いセロファン紙。

あのとき、空き家で拾ってとっさにポケットへしまったのだ。エイミのタカラモノ。ベール代わりに頭に乗せて踊っていたエイミ。

歩きながら、ふと、後ろを振り返ることがある。エイミと一緒に歩いた道だ。いるはずはないとわかっているのに、辺りを見回してしまう。笑って駆け寄るエイミの姿。無心に何かを探して、見つけてはポケットにしまっていた。それをタカラモノと呼んでいたエイミ。

一体あれは何だったのだろう。誰にも気づかれず、誰にも見向きもされないけれど、確かにそこにあるもの。見えるものにしか見えないもの。

うちも気づいてあげたら良かった。エイミと一緒に拾ってあげたら良かった。

数日たって、学校から帰ると家の周辺が物々しい雰囲気に包まれていた。パトカーが停まり人だかりができていた。数人の警官が、フェンス越しに外人住宅を窺うようにしている。

フェンスの向こう側にもＭＰの車両が数台停まっていた。無線の音や声が飛び交う。あの家の周辺で外人の警官たちが忙しく動いていた。果南子はなんだか怖くなって急いで家の中へ駆け込んだ。

「大変！　外人住宅から骨が見つかったってよ！　裏の空き家の、風呂場で発見されたってよ！」

いつもより早めに仕事から帰ってきた母親は、玄関を開けるなり叫んだ。

「女の子の骨らしいよ。前にいなくなっていた子だよ。かわいそうにねえ。なんでこんなことになったのかねえ……」

五年ほど前のことだ。T小学校へ通う女子児童が下校後行方不明になった。新聞やテレビでも大きく報道された。警察は周辺だけでなく他の市町村まで範囲を広げて捜索したが、女児は発見されなかった。その後も捜査はなかなか進展せず犯人もわからないままだった。

失踪当時、女児は果南子と同じ四年生だった。混血児だった。

母親はこれを機に、果南子が英会話の勉強で教会へ通うことを禁じた。


その後月日は流れ、外人住宅の土地は市へと返還された。ほとんどの家が建て替えられ、地域の住民のための住宅地へと生まれ変わった。特徴的な平らな屋根の住宅は次々に姿を消した。緑の芝生がなだらかに広がっていた場所は、道路や新たな住宅が建設されていった。学校や果南子の家の裏に設置されていたフェンスは全て撤去された。遮るものがなくなり、学校にも地域にも森からの風が気持ち良く吹き渡った。

果南子が髪を洗うたびに眺めていたブランコも家も、今では跡形もない。
立ち入り禁止を地域の住民に課し、立ちはだかるように設置されていたコンクリートの巨大な看板は、しばらく放置されたままだった。雨風にさらされすっかりペンキははげ落ち、黒々と刻印されていた「ＯＦＦ ＬＩＭＩＴＳ」の文字でさえ解読不能になっていた。もともとそんなものに意味などなかったのかもしれない。なぜならばここは、死者ですら自由に行き来する土地なのだから。

（了）

あとがき

私にはふたつのコンプレックスがありました。そのどちらも克服することができたのは、小説を書くことを志したからだと思っています。

コンプレックスのひとつは沖縄に生まれたことでした。

復帰は中学一年生のときでした。それ以降の多感な時期を、私は本土と沖縄の格差を感じながら成長して行きました。なぜこんな南の果ての島に生まれてしまったのだろう。テレビで観る東京や大阪の華やかさを見るにつけ、そんな思いが大きく膨らんで行きました。十代から書き始めた詩や文章の中に「沖縄」が登場することはありませんでした。描く対象は好きなもの、憧れているものでした。格好悪い沖縄は書けなかったのです。

しかし創作の世界は、結局は自己表現なのだと思います。書けば書くほど自分自身の根っこを意識するようになりました。

ぐいっと足元を踏みしめます。そこからじわじわと染み込んでいくもの。ぐんぐんと立ち昇っていくもの。それらが体内を巡ります。記憶として刻み込まれます。息遣い、眼差し、肌触り、叫び。沖縄で生まれ育ったからこそ、私の思い描く世界は形あるものになったのだと思います。

今では沖縄に生まれたことに感謝しています。沖縄に生まれたからこそ書ける世界を、これからも追求して行きたいと思っています。

もうひとつのコンプレックスは父親がいないことでした。

両親は私が生まれる前に別れました。けれど私が本を好きなことも書くことが好きなことも、そして文学が限りなく愛しいと思うことも、全て父から授けられたものだと思っています。父は周囲から医者になることを嘱望されながらも結局は文学を選んだ人でした。

本を開いているとき文章を綴っているとき、思えば父の影を追っていたように思います。不確かな存在を、文学を通して実体のあるものとして感じたいと思ったのかもしれません。「富山」は両親が離婚したことで名乗れなかった名です。私は迷うことなくそれをペンネームとしました。

自宅の本棚に、遺稿集として出版された父の歌集があります。白い表紙の背表紙に父の名が記されています。その横に私の名が記された本書が並びます。
ようやく、父の娘として認めてもらえた気がします。

二〇二四年九月

富山陽子

※この物語はフィクションです。実在の人物及び団体とは一切関係ありません。
また、本書中に現在では差別的・不適切と思われる表記がありますが、作品の時代背景を考慮し、原文のままとしました。

著者プロフィール

富山 陽子（とみやま ようこ）

本名　仲持　陽子（なかもち　ようこ）

1959年生まれ。

沖縄県出身。

元特別支援学校教諭。

『Happy Sweet Birthday』で第16回琉球新報児童文学賞、『天の歌、愛の歌』で恩納村制100周年記念事業恩納ナビー舞台化脚本、『菓子箱』で第34回琉球新報短編小説賞、『フラミンゴのピンクの羽』で第35回新沖縄文学賞受賞。

フラミンゴのピンクの羽

2024年９月15日　初版第１刷発行

著　者　富山 陽子
発行者　瓜谷 綱延
発行所　株式会社文芸社
〒160-0022　東京都新宿区新宿1－10－1
電話　03-5369-3060（代表）
03-5369-2299（販売）

印刷所　株式会社フクイン

ISBN978-4-286-25503-3　JASRAC 出 2404342－401